Marinebaumeister Harbeck

Seefahrtserlebnisse

Marinebaumeister Harbeck

Seefahrtserlebnisse

ISBN/EAN: 9783954271849
Erscheinungsjahr: 2012
Erscheinungsort: Bremen, Deutschland

© maritimepress in Europäischer Hochschulverlag GmbH & Co. KG, Fahrenheitstr. 1, 28359 Bremen. Alle Rechte beim Verlag und bei den jeweiligen Lizenzgebern.

www.maritimepress.de | office@maritimepress.de

Bei diesem Titel handelt es sich um den Nachdruck eines historischen, lange vergriffenen Buches. Da elektronische Druckvorlagen für diese Titel nicht existieren, musste auf alte Vorlagen zurückgegriffen werden. Hieraus zwangsläufig resultierende Qualitätsverluste bitten wir zu entschuldigen.

Mittelmeer

Seefahrtserlebnisse eines werdenden Schiffbauers

von

Marinebaumeister Harbeck

Verlag Dr. Wedekind & Co. G.m.b.H., Berlin S.14,
Dresdener Straße 43

Meinem
kleinen Bruder
Erwin

Inhalt

	Seite
Werftarbeiter	9
Maschinisten-Assistent	12
Seefahrt	19
Bekanntschaften	27
Aegypten	32
Pech	57
Hochpolitische Knöpfe	67
Syrien	71
Klein-Asien	80
Klassischer Geist	93
Kurs Heimat	101
Weihnachts-Nebel	105
Aus	110
Wort-Verflacungen	112

Werftarbeiter

Trotzdem ich noch zwischen der schriftlichen und mündlichen Reiseprüfung schwebte, durch die ich amtlich die Fähigkeit zu akademischen Ueberlegungen erlangen sollte, fuhr ich jeden Morgen mit den grünen Dampfern von den St. Pauli-Landungsbrücken nach S t e i n w ä r d e r 'rüber — im großen Werftarbeiter-Schubs, der jetzt zum größten Teil als schwarzer Strom dröhnend durch den inzwischen fertig gemachten Elbtunnel flutet —, um dort auf einer kleinen Werft als „Wollontör" die handwerksmäßigen Grundlagen des Schiffbaues durch zunftmäßiges Mitanfassen in dem Arbeitsgetriebe kennen zu lernen.

Aeußerlich war mit mir als „Wollontör" nicht viel los, in meinen Schaftstiefeln unter umgekrempelter Manchester-Hose, in meinem blauen, kragenlosen Wollhemd unter recht schäbigem Jackett und Weste, mit meinem roten Taschentuch und meinem Emaille-Kaffeetank, das Ganze gekrönt von einem mühsam wieder ausgebeulten, schwarzen, steifen Hut sah ich zu meiner großen Freude aus wie ein richtiger „H a m b u r g e r B r i e t". Dementsprechend begann auch meine Tätigkeit auf der Werft, wie bei einem richtigen Handlanger, mit folgendem Gespräch zwischen mir und meinem Schirrmeister:

„Wo hetst du denn?"

„Walter."

„Na, Walter, denn fot man mol an!"

Nach dieser Aufforderung packten wir uns eine zerrammte Wallschiene eines Schleppers auf die Schultern. Später kamen sie trotz meiner gleichen Mundart durch den von mir gewünschten häufigen Wechsel meiner Schirrmeister und der Werkstätten denn doch dahinter, „dat mit em wat besonderes in de Gang is", und sie entdeckten in mir den „Wollontör". Allerdings erhielt ich das Lob:

„Jo, de is gesund, de Jung!"

Das bewies ich ihnen stets sofort, wenn mein Schirrmeister mit seinem rechten Zeigefinger bedächtig auf die durch eine Vierstrich-Peilung gespannte Haut über der linken Seite seiner Gurgel zu trommeln anfing.

Er hatte h ä u f i g Durst.

So haben wir auf meine Kosten in mancher Vorpiek und Kettenlast gerammter Fisch- und Schleppdampfer, also richtig in „Schiet und Dreck", mal eben ordentlich „Einen gehoben", wenn wir auch auf den „Lütten vorut" verzichten mußten. Darunter litt mein zünftiger Werdegang in keiner Weise, am wenigsten als ich auf dem Reißboden bei einem glänzenden Vertreter der sagenhaften Segelschiffszimmerleute — sogar die Arbeiter nannten ihn „Klabautermann" — „angemustert" hatte. Die von seinem Seemannsschnack derbster Art gewürzten Frühstücks- und Mittagspausenblicke vom Kran des Reißbodens über die hohen Hellingstellagen der in Bau befindlichen Schiffe auf das Seefahrt-Treiben der Hamburger Elbe werde ich nie vergessen.

Es machte mir Spaß festzustellen, daß sogar bei unseren heutigen Arbeitern noch ein stark ausgeprägter Zunftsinn vorhanden ist. Das kam schon mühelos in der Kleidung zum Ausdruck. Während die Schiffbauer mit Stolz ihre zweireihige, blaue Arbeitsjacke im Schnitt eines Klubanzuges tragen, fühlen sich die Maschinenbauer nur dann als richtige „Kavaliere", wenn sie, beide Fäuste voller Twist, überlegen auf ihr schräggeknöpftes, einreihiges Jackett herabschauen können. Der Schiffbauer schwört auf seine zünftige Schirm-Mütze, und der Maschinenbauer kann nicht von seiner schwarzen, kopfrunden „Schieber"-Kappe lassen.

So gingen die Wintermonate dahin. Richtig nett fidel war der Schluß meiner Werftzeit; ich hatte seit vierzehn Tagen bei den Schiffszimmerleuten auf meinem Kalfatkasten gesessen und dabei in einige Kilometer Decksnaht unseres großen Neubaus mit sturer Begeisterung die mindestens zehnfache Länge kunstvoll selbstgedrehten Werg hineingejagt, als das beginnende Hochschulsemester kräftig zum Abschluß der Werftzeit drängte. Ich trieb nach vielem Suchen schließlich in Eilbeck einen wirklich „Hamburger Köm" benamsten, herzhaften Schnaps auf, so daß ich mich schwer bepackt und getrost an den Abschied wagen konnte. Und alles verlief vorschriftsmäßig. Es gelang sogar einem Drei=Männer=Ausschuß vom „feindlichen" Maschinenbau, meinen in erster Linie bedachten, kalfaternden Zimmerleuten eine nicht ganz „leddige Buddel" abzuschnacken. Die auf die Werft heiß scheinende Mittagssonne unterstützte den „Köm"; und so konnte ich, als ich die Werft verließ, fast überall nur „gehobene" Stimmung feststellen, manche Gruppe geriet am Werfttor mit dem Pförtner in vergnügten Streit, ob man die „messingsche" Arbeitermarke oder die ähnliche Dampferfährmarke am Brett beim Werfttor aufhängen sollte.

„Mensch, Willem, ick bünn ordentlich richtig 'n beten fein duun!"

„Na, Walter, denn holl di man gesund!"

Nach diesem stark alkoholischen Abschluß schied ich mit reichen, unvergeßlichen Erfahrungen und einigem Wissen. Besonders gern denke ich an die zollpolitische Bedeutung der Kaffeetanks zurück. Die Werftarbeiter sind schlauer als die Zöllner, von denen sie auf ihren Gängen zwischen dem Freihafen und der Stadt zollmäßig überwacht werden sollen. Steinwärder liegt im Freihafengebiet. Eine auf scharfer Ueberlegung begründete Sitte der Zöllner fordert von den Arbeitern, daß sie auf Grund eines strengen Blicks den „Proppen" von dem Kaffeetank abnehmen und dann den Tank senkrecht nach unten ausgießen, „falls was d'rin ist," wie die Zöllner meinen. Die Arbeiter meinen aber, „falls was 'raus kommt," und geben ihrem Tank einen zweiten inneren „Proppen", meistens aus Twist (jetzt schickt es sich Putzbaumwolle zu sagen), wenn sie was Lohnendes durch den Zoll mitzunehmen haben. Das lernt sich bald, lohnt sich oft und geht dann wunderschön.

Maschinisten-Assistent

So ging ich nach Ostelbien auf die Hochschule. Dort konnte ich von all' meinen Erfahrungen gar nichts und von meinem praktischen Schiffbauwissen auch nicht viel mehr loswerden. Man mußte erst mal kräftig umschalten. Trotz dieses Umschaltens, dem ich als begeistertes erstes Semester willig Folge leistete, blieb meinem störenden, nackten Vorstellungswillen doch nicht die Erkenntnis erspart, daß wir armen Schiffbauer, und Techniker überhaupt, nur außerordentlich beschränkte und von seltenem Glück abhängige Möglichkeiten haben, soziale Macht zur Betätigung unserer persönlichen Werte im Getriebe der Menschheit zu erringen. Die Techniker werden weder durch die Höhe ihrer Gehälter, noch durch die Würde der ihnen im täglichen Leben angewiesenen Stellung, seitens der täglich und stündlich von ihnen Vorteile empfangenden menschlichen Gesellschaft auch nur annähernd ihren Mühen und Leistungen entsprechend bewertet. Ich war noch zu jung, und mir ging's noch viel zu gut, um mir mit einem Schlage meine Ideale nehmen zu lassen. So trieb mich's hinaus, hinweg von dieser häßlichen Erkenntnis, die einstweilen überall im armseligen Alltagsleben immer wieder in mir hochkommen mußte. Mir graute vor dem Wissen, ich brauchte Erfahrungen; diese suchend, wandte ich Ostelbien den Rücken, und fand ich mich an den St.-Pauli-Landungsbrücken, beim Heuerbaas, Arzt und Seemannsamt und schließlich „angemunstert" auf einem richtigen, seegehenden Hamburger „Damper" wieder, als Hilfskraft bei der Maschine und bei den Kesseln, mit einer Reichsmark monatlicher Heuer, der ich im Stillen entsprechende Leistungen gegenüberstellte. Ich wollte doch nur hinaus, um der Menschheit ein anderes Gesicht abzuringen, das ich ertragen konnte.

Da mein „schwerer" Dienst, meinem fürstlichen Einkommen entsprechend, erst in Fahrt beginnen sollte, und wir wegen der Uebernahme der Ladung noch zwei Tage am Kai liegen bleiben mußten, hatte ich nach Einrichtung meiner Einzelkammer viel Zeit. Zunächst jagte mir das Schiff am folgenden Tage beim Aufwachen dadurch einen mächtigen Schrecken ein, daß es über Nacht reichlich 20 Grad Schlagseite angenommen hatte und nur noch in den Festmachern hing. Nachdem ich mich von diesem Schrecken dadurch erholt hatte, daß ich außer einem guten Frühstück die durchlebte Erkenntnis von Ebbe und Flut in mich aufnahm, benutzte ich meine viele Zeit zu einer näheren Betrachtung des Schiffes und des Ladebetriebes. Unter den vielen Raum- und Gewichtstonnen, die durch Ladebäume und Kaikräne gleichzeitig aus den vielen heranrollenden Eisenbahnwagen herausgeholt wurden, fielen mir mächtige Kisten. „Vorsicht Glas!" „Nicht stürzen!", die als Deckslast gefahren werden sollten, besonders auf; erst recht eine ganz riesige Kiste, die ein Auto (bitte gewöhne dich jetzt daran mit einem Kraftwagen zu fahren!) enthielt und ebenfalls an Deck zwischen der Back und der Brücke gezurrt wurde. Diesen Kisten sollte ich später einige Erinnerungen verdanken. Als wir richtig „voll" waren, ging's mit Stauwasser und Schlepper, später mit eigener Kraft, Ebbstrom und Lotse nach Curhaven, in die Elbmündung, in die Nordsee.

Freiheit! Neue Welten! Seefahrt!

Auf das graue Nordseewasser folgte bald das undurchsichtige, hellgrüne Kanalwasser und noch schneller das kraftvoll blanke, schwarzblaue, große Wasser des Atlantik. Alles neu, da links, dort rechts, hier vor- und achteraus! Und doch, zum festsitzenden Erleben von Einzelheiten langt's hier seelisch noch nicht. Nur das Große, Freie wirkt! Seezeichen, Leuchttürme, Feuerschiffe, Kaps, Segler, Dampfer, weiße Kreidefelsen an Steuerbord und rote Steinmauern an Backbord, hier Großbritannien und dort Frankreich versinken und verwischen sich im Erleben der die Seele öffnenden Seefahrt im großen, freien Meer.

Die in weitesten Kreisen berüchtigte Biscaya ist in glänzender Sonntagsstimmung und gibt uns doch einen grundlegenden Einblick in ihre Wesensart. Wir schlingern entsetzlich, obgleich das Meer mir vollkommen glatt erscheint. Nur schwer gelingt es zu erkennen, daß eine „haushohe", nordwestliche See abläuft von über vierhundert Metern Länge.

„Hier steiht immer noch'n ganz ansehnliche Swell, oak wenn keen anständigen Wind weiht."

Diese Dünung warf uns dwars treffend hin und her und zeichnete das vollkommen glatte Wasser mit ganz feinen, parallelen, schwarzen Linien. Es sind die Kraftzuckungen einer unbeherrschten Riesenmacht, die uns Tod und Verderben bringt und es selbst nicht kennt.

Natürlich trug ich inzwischen zur Entlastung des besser bezahlten Maschinenpersonals bei. Ich war von dem Wachtörn von 8 bis 12 Uhr vereinnahmt, hatte also die Abend- und Morgenwache. Hierbei bin ich während der ganzen Reise verblieben. Allerdings hatte ich von dem ersten Maschinisten die Erlaubnis erhalten, mich landfein machen zu dürfen, sowie ein angesteuerter Hafen in Sicht kam. Und solange er in Sicht blieb, war ich dienstfrei!

Besonders gern schmierte ich die hoch oben im Maschinenschacht unter dem Oberlicht stehende Rudermaschine ab, da ich auf der Abendwache dann stets von dort einen Gang an Oberdeck nach dem Maschinenoberlicht machte und meine Erlebensfreude d'ran hatte, wie der nördliche Sternenhimmel täglich mehr und mehr versank und der Orion entsprechend stieg. Hierbei pennte ich, von der heißen Maschinenraumluft und dem sturen Stumpfsinn des Dienstes ermüdet, oft und gern ein. Später entdeckte ich in der richtigen Stellung der Klappen des Oberlichtes einen neuen Grund zum erlösenden Aufentern.

Trotz dieses Nulpens faßte ich den technischen Dienst an

Bord seinem Wesen nach vollkommen ernst auf. Ich lernte Maschinen- und Kesselkommandoworte, Führen des Maschinentagebuches, Bedienung und Wartung von Maschine und Kesseln einschl. Hilfsmaschinen, Beseitigung von „Brandenburgern" bevor der „Erste" schnüffelnd seine Verdacht schöpfende Nase in den Maschinenraum steckt, Behandlung der Heizer durch den „Donkeymann", ihren Sprecher, kohlen und Kohlen trimmen, Reinschiff, Zeugwäsche und „Sich-Waschen". Unser „Donkeymann" war übrigens ein „never mind-Gast" — für Nichtmariners: „Wurschtigkeitsathlet" — trefflichster Art. Auf eine Mitteilung unseres Käp'n, daß er morgen gehenkt werden solle, hätte er sicher geantwortet:

„All right Käp'n! Wart all'ns mökt!"

Ich drosselte die elektrische Lichtmaschine, wenn sie sich selbst jagend „durchtörnte", und stellte am Ende jedes Wachtörns freudig die Badewasserpumpe an, um mich vom Schweiß und „Mief" des Dienstes zu reinigen. Nicht weniger diensteifrig war ich dabei, wenn es galt, auf Befehl der Brücke die Hauptmaschine von Vorwärts- auf Rückwärtsgang umzusteuern. Wirklich Freude machte mir auch die erforderliche Geschicklichkeit, um die gehende Hauptmaschine abzufühlen und abzuschmieren, ohne daß einem der Kreuzkopf auf den Kopf haut, und ohne daß einem die Oelkanne oder der „Oelquast" aus der Hand geschlagen wird und in die Maschinenbilge oder sonstwo hin saust. Es währte einige Zeit, bis ich den Mut und Takt fand, um, nach „Brandenburgern" suchend, die feinfühligen Fingerspitzen zwischen die herumschlagenden Kurbelwangen und Pleuelstangen zu stecken. Ich lernte, Kohlen und Oel im Ausland einzukaufen (!), und erlebte täglich die mich Unbefahrenen zunächst überraschende Tatsache, daß es im Maschinenraum mindestens 12 Grad wärmer ist als im Kesselraum, da die gesamte Verbrennungsluft für die Kohlen im Kessel kühlend durch den Heizraum streicht.

Aber um alles dieses zu lernen, genügten mir vier Wochen straffen Dienstes, so daß ich in Anbetracht der bevorstehenden langen Reise den Dienst getrost beschaulich angehen lassen konnte, ohne mir zu schaden. Ich scheute mich deshalb auch nicht, manches liebe Mal friedlich in dem langen Wellentunnel, tief hinten am Sternbuchsenschott, beim eintönigen Lärm der schlagenden Schiffsschraube auf längere Zeit einzupennen. Das Wesentliche mußte die Seefahrt an und für sich als großes Ganzes für mich bleiben. Ihr eigentliches Wesen sollte meine enttäuschte Seele erstarkend gesunden lassen.

In Hamburg am Kai

Unser Käp'n bei der „Hobelkur"

Bark im Aermel-Kanal

Tunesischer Marssegelschuner geht in See

Seefahrt

So strolchte und stöberte ich durch alle Decks, durch alle Räume und Kammern und kannte bald das ganze Schiff einschließlich Kapitän, der mir schon auf unser'm ersten vierzehntägigen Seetörn bis La Valetta auf Malta in der „Mitland-See", wie die Fahrensleute das Mittelländische Meer nennen, dadurch um vieles nahe kam, daß er mit Fliegenfang und mit täglichem, wirklich fleißigen Hobeln an einer richtigen Hobelbank einen stillen Heldenkampf mit seiner Körperfülle kämpfte. Der Kampf dauerte schon viele, viele Jahre und war an Hand guter, fester und flüssiger Nahrung immer noch unentschieden. Mit dem ersten Offizier wurde ich dadurch gut Freund, daß ich regelmäßig meine Partie Schach gegen ihn verlor. Der mir sehr wohlwollende, erste Maschinist brachte mich auf den Geschmack des doppelgebrauten Export-Flaschenbieres in Liter-Flaschen.

Der vierte Maschinist unterrichtete mich über die berufliche Spannung zwischen „Maschine" und „Deck", die überall anzutreffen ist: auf jedem Schiff bei den Offizieren und bei den Mannschaften, auf jeder Werft bis hinauf in die leitenden Stellen und selbst in jugendfrischer Form auf den Hochschulen. Leider!

Die reichlich hundert Passagier-Kammern standen auf dieser Fahrt leer, so daß der zweite Steward es als freudige Abwechslung begrüßte, wenn er mir Lippen und Kinnbacken rasieren durfte, während ich den Obersteward täglich an der Backbord-Reeling des Promenaden-Decks fand, wie er an einer seiner täglichen neunundvierzig Stück Zigaretten sog.

Gelangweilt!

Denn ihm machte als wirklich „feinem Mann" selbst eine neunundvierzigste Zigarette keinen Spaß mehr.

Ich fand auch reichlich Gelegenheit, mein Wissen von der Steuermannskunst gründlich aufzufrischen.

Mit der Seemannschaft war auf „son'n Damper" natürlich nicht viel los.

In der ersten Zeit gab es für mich noch zwei Schrecken zu durchleben, die Seebefahrene nicht mehr kennen. Als ich eines Nachts nach dem Wachwechsel im Bad die Brause abstellen will, schalte ich im Dämmerzustand statt dessen das Licht aus und erkenne mit schrecklichen körperlichen Empfindungen, daß ein stark leuchtender Wasserstrahl aus der Brause auf meinen Rücken klatscht. Erst nachdem auf mein sofortiges Umschalten des Wassers auf „Wanne" auch aus dem Hahn ein feuriger Strahl fließt und ich sehe, daß alles Wasser in der Wanne glüht, sammeln sich meine zerstörten Gedanken beruhigend bei der Erklärung:

Meerleuchten!

Ich eilte schleunigst an Deck und habe mich noch lange an dem Glühen längs des Schiffes, besonders im zerteilten Bugwasser und im wild zerquirlten Schraubenwasser gefreut.

Der zweite Schrecken, der meiner Seele beschieden war, gab mir fast Mut, mich anmaßend mit dem Grimmschen Märchen-Jungen zu vergleichen, der auszog, das Gruseln zu lernen, und damit erst zu Rande kam, als seine liebliche, königliche Maid ihm schlafend einen Eimer voll kalten Wassers und voller Hamburger Fleet Stinte über seinen nackigten, warmen Bauch ausschütten ließ. Mit ihm hätte ich ausrufen mögen:

„Ach, was gruselt mir, was gruselt mir...!"
als ich Pechvogel eines Nachts beunruhigt aufwachte, weil es in meine Kammer regnete, das Licht anschaltete und entsetzt entdeckte, wie aus sämtlichen Falten und Ritzen meines Kojenzeuges durch das Licht aufgeschreckte Bordtiere, meine animalische Körperwärme im Stiche lassend, strahlenförmig in in die Gegend flitzten, um sich hinter Leisten und Rohrleitungen zu verstecken. Sie scheuten hierbei nicht einmal den Weg über meine dank der kurzen Kojendecke auf Vorposten stehenden Zehen. Nach dem schlaflosen Rest dieser Nacht beruhigte ich

nich erst wieder, als ich unter seebefahrenem Lächeln von der Beliebtheit der „Kakerlatjes" in Kenntnis gesetzt wurde:

„Wo Kakerlatjes sind, sind keen Wanzen, und dor hebt wie'n ganzen Barg von an Board."

Na, denn man jüh!

Doch damit nicht genug der Ueberraschungen.

Wie jeder normale **Europäer** hatte ich die Seefahrt mit der bestimmten Erwartung begonnen, daß in ausgezeichneter Weise für mein leibliches Wohl gesorgt werden würde. Ein großer Irrtum, wenn's sich nicht um einen voll besetzten Passagierdampfer handelt. Das verspürte mein nach Güte und Menge sehr verwöhnter **H a m b u r g e r** Magen schon gleich hinter **C u x h a v e n** beim ersten Morgenkaffee. Ein Mordspech obendrein, daß unser Messesteward ausgerechnet aus Sachsen ist! Er bemühte sich gemeinsam mit dem hohen Küchenchef, uns an einen möglichst dürftigen, **wöchentlichen Küchenzettel** zu gewöhnen. So kehrte das wöchentliche, leicht angefaulte Spiegel-Ei mit Transtippe genau so pünktlich wieder wie der Schwarzkäserbrei mit Linsen oder wie die wöchentliche Krone, der „blaue Heinrich", den die Schuld dafür traf, daß ich mich Donnerstags immer kaum in die Messe traute. Ich glaube selbst in den heutigen Verzicht- und Ersatz-Zeiten, würde ich diese blau angelaufene Grütze nur schwer bewältigen können.

„'nen beusen Plörkram!"

Verhältnismäßig gerne aß ich harmloser Knabe in der ersten Zeit das rosige, grau geränderte Salzfleisch, bis ein neugieriger Zufall mich unter die Back zu der Fleischlast führte. Meine überflüssige Neugierde wurde nach dem Lüften der Tonnendeckel durch den Anblick der lebensfreudigen, grauen Klumpen, die mir als Salzfleisch in Urform vorgestellt wurden, mehr als bestraft. Seit der Zeit versackte ich magentechnisch, wie heute, auf das „Niewo":

„Augen dicht! Schmeiß 'rein!"
um nicht zu verhungern.

So fuhren wir mit 82 Umdrehungen der braven Kolbenmaschine und 8 Seemeilen Fahrt immer weiter südlich. Die **B i s c a y a** blieb friedlich. Luft und Wasser wurden mild und warm. An den spanischen und portugiesischen Kaps vorbei ging's bis zum Eintritt in die Mittland-See bei Kap Tarifa. Dort mußte ich an das Lied von dem Licht und der Motte denken, als ich mir im Vorbeifahren den großen Dampfer besah, der keine fünfzig Meter neben dem Leuchtturm vierkant gegen die Mole gefahren war und nun hoch im Trocknen saß. Auf unserer Rückfahrt konnten wir feststellen, daß die hintere Hälfte des Schiffes inzwischen verschwunden war. Durch die Straße von Gibraltar kann man immer mit dem Strome fahren; wir taten's auch und waren damit in der Mittland-See, dem geschichtlichsten Wasser der Erde, an dessen Ufern mehr als zwölf Völker seit uralten Zeiten nach Herrschaft ringen. Bald kam dann auch Gibraltar in Sicht, dessen jäh aus dem Wasser steigender, gewaltiger Felsen weniger Eindruck macht, als die kühne Frechheit der Engländer, mit der sie auf diesem beherrschenden, fremden Erdenfleck ihre Flagge vorgeheißt haben. Leider ist die östliche Wand des in der Nord-Süd-Richtung langgestreckten Felsens, nach Art eines plombierten Zahnes, gegen Zerfall durch eine riesige, glatt aufgetragene Zementfläche geschützt, die so unschön wirkt, daß man sich freuen würde, wenn auf ihr als Anpreisung „Odol" stände.

Der Anblick der durch ihre grün umrahmten, blendend weißen Häuser bildschön am leuchtend blauen Meer gelegenen Stadt Algeciras, in der verhandelnde Männer den Ausbruch des Weltkrieges geschickt hinausschieben konnten, war für mich ein lautes Erleben der Weltgeschichte, ebenso lebendig, wie der Anblick der inzwischen in Sicht gekommenen, schwarzen, afrikanischen Bergeschatten des Atlas in erdkundlicher Beziehung. Der lebendige Geist von Geographie und Geschichte näherte sich mir, und ich starrte in die entsetzliche Oede meiner Schulstube.

In nicht weiter überraschendem Gegensatz zu dem jetzigen Gebahren unserer Tauchboote, die auf ihrem kriegerischen Anmarsch in dem über 500 Meter tiefen Wasser an Gibraltar vorbeitauchen, zeigten wir der englischen Station unsere Flaggen und machten auch das vierstellige Unterscheidungs-Flaggensignal, wie immer, wenn wir Signalstellen passierten; einmal aus Stolz und zum andern, um zur Beruhigung von Reeder, Versicherung, Spekulanten und Angehörigen im nächsten Hamburger Abendblatt nachrichtlich vermerkt zu werden. Nachdem

England geruht hatte, das verständnisvolle Gegensignal zu heißen, holten wir unsere sämtlichen Flaggen nieder, und weiter ging's entlang an der Südküste Spaniens, dessen Stierkämpfe ich erst auf meiner späteren Schulschiffreise verstehen lernen sollte.

Es kam langsam frischer, östlicher Wind durch, der in das durch die Sonne hellstahlblaue Wasser der Mittland=See tausend reinweiße Pelzhütchen warf, als müßte man frieren angesichts der im Schnee strahlenden, felsigen Höhenzüge der Sa. Nevada. Aus den Pelzhütchen wurden bald in langer Linie sich überbrechende Wellenköpfe, und bald malte die See, zog weiße Schaumblasenlinien senkrecht zu den immer mächtiger und steiler werdenden Wellen, deren hochhinaus wollende Köpfe schließlich wagerecht hinweggeblasen und zerstäubt werden.

Es ist Sturm!

Das kann man sich im Besitz der nötigen Vorbildung auch durch die Wolken und den Barometer beweisen lassen, unser prächtiger Käp'n meinte aber:

„Ach, wat, Schiet op'n Barometer! Ick stek de Nees in de Luft!"

Osten=Sturm in der Mittland=See!

Und unser armes Schiff ist ganz im Westen, wo sich die durch die lange Reise aus dem Osten nur gekräftigten Wellen hoch und steil auftürmen, weil man sie zwischen Spanien und Algerien zusammengestaucht hat und durch das Nadelöhr der Straße von Gibraltar jagen will. Ich kannte diese Art der See von den ostpreußischen Haffs her.

„Holl di stiev! Un besorg di'n stieven Grog!"

Nach dem Mannschaftslogis unter der Back wurden Handleinen geschoren, und die Deckslast, besonders die zu Luward stehende Autokiste, erhielt dreifache Zurrings. Der Dienst bei den Maschinen und Kesseln ist bei dem dollen Stampfen und Schlingern des Kahns wirklich kein Vergnügen. Fast die Hälfte der seebefahrendsten „Racer" — so nennt der Mariner „aufschneidende" Burschen — keuchen verstohlen in versteckte Pützen oder „mang die Kohlen." Das Abschmieren und Abfühlen der Hauptmaschine ist heute Nacht lebensgefährlich, so werden wir hin und her geschmissen.

Auch die Wache ging zu Ende. Ich pennte köstlich, und am nächsten Morgen konnte ich außer der Feststellung von nur noch sechs Windstärken die Entdeckung machen, daß uns're schöne Autokiste samt ihrem kostbaren Inhalt sonstwo war. Die Glaskisten an Deck hatten nur wenig gelitten, da sie bündig verschalkt worden waren.

Eine vielleicht aus Athen, jedenfalls aus dem Osten vom Sturm verschlagene Eule hatte sich in unsere Wanten gerettet. Ich fütterte sie die folgenden Tage ebenso gerne, wie ich die uns ständig begleitenden Möwen bewunderte, die das Schiff unentwegt, schwebend umkreisten, und die ich oft über eine Stunde lang vergeblich gewissenhaft beobachtete, um irgend einen Flügelschlag festzustellen. Statt dessen ein überlegenes Steuern mit Verwindung und Höhenruder. Nach meinen Beobachtungen brauchen die Möwen zu diesen Glanzleistungen nur etwa drei wagerecht gerichtete Windstärken ohne besondere Strömungserscheinungen am Schiffskörper.

Das Tierreich kam bei mir noch weiter zu seinem Recht in Gestalt der „Schweins=Fische", wie der Seemann die Delphine nennt. Diesen prächtigen Burschen und ihrer überlegenen Schwimmkunst habe ich manche beschauliche Stunde am Bug unseres Schiffes gewidmet. Immer sind's deren mindestens zwei, Männchen und Weibchen, die zeitlich höchstens eine Minute nacheinander erscheinen. Als würden sie von der großen Masse und der Geschwindigkeit des Schiffes und seines Unter=wasser=Schattens gereizt, beweisen sie von hinten aufkommend, überlegen und spielend, mit gelegentlichen Kopfsprüngen in die Luft und um den Bug des Schiffes jagend, daß es wirklich keinen Sinn hat, sich irgendwie mit ihnen im Tauchen und Schwimmen, in Geschwindigkeit und Eleganz wettstreitend zu messen.

Als wir um Kap Bon herum zwischen Sizilien und der Stätte des alten Karthago hindurchfuhren und die verzaubert dunkelschwarz und hoch daliegende Gefängnis=Insel Pantelleria in Sicht bekamen, stiegen in meiner Phantasie alte Gestalten lebendig greifbar hervor, unter ihnen die ebenso schöne wie vielseitige Julia Augusta, die man auf Pantelleria verbannt hatte. Und unsre liebe Bord=Eule flog auf und davon.

Malta. La Valetta.
Salut-Batterie

Malta. La Valetta.
Dockyard-Creek

Malta. La Valetta.
Unten links das Zollgebäude

Die Kopfbekleidung (Faldetta) der Malteserinnen

Bekanntschaften

Von hier war's nicht mehr weit bis La Valetta auf Malta, unser'm ersten Hafen seit Hamburg. Wir mußten vor allen Dingen unsere Kohlen ergänzen.

Die Engländer haben sich in glänzender, vorbildlicher Frechheit überall dort festgesetzt, wo es wirklich nachhaltigen und überlegenen Sinn hat, und beherrschen damit einstweilen restlos die Welt. Das sollte man aber schon in der Schule gelernt haben.

Ich möchte beileibe keine Städte und Dörfer beschreiben, das können Baedeker, Meyer und Grieben ebenso schlecht; ich muß aber als nüchterner Beobachter doch von der sicher noch aus der Zeit des Malteserordens stammenden Sperreinrichtung des Grand Harbour, in dem wir lagen, berichten. Die keine 500 Meter lange Strecke zwischen den hochgemauerten Eingangsforts konnte durch eine Kette und Drahtseile gesperrt werden, zu deren Befestigung an den beiden Fortmauern schmiedeeiserne Augbolzen mit Ringen dienten, von so gewaltig klotzigen Abmessungen, daß ich selbst als etwas vorgebildeter Techniker meinen Augen gar nicht glauben wollte.

Viel Freude machte mir der für unsterblich geltende „Onkel-Joseph", der diesen seinen einbringenden Handelsfirmen-Namen auf der richtig schwarz-weiß-roten Flagge seines Höker-bootes eindringlich zur Schau trug. Er war sonst ein richtiger Malteser, eine italienische Mischung aus der Levante und dem Abendland, und begrüßte mich geschäftstüchtig unten vom Fallreep herauf mit den kühnen Worten:

„Moin Landsmann!"

Möglich, daß er sogar auf den Hamburger Erkennungsruf:
„Hummel, Hummel!"
richtig geantwortet hätte.

Dieser zum Begriff Malta gehörige Onkel Joseph hatte alles, wirklich alles: Weintrauben, Florida=Wasser, Spitzen, Tonkrüge, Affen, Seife, Briefmarken, Taschentücher, Adressen, was man wollte. Unter welcher Flagge mein lieber Onkel Joseph heute wohl segelt?

Als ich mich stolz und kühn anschickte, „am Lande" zu gehen, begegnete ich zunächst dem ebenso lässigen, wie zwingenden Widerstand äußerlich wohlgepflegter Gestalten der englischen Zollbehörde, die selbst den Inhalt meiner persönlichsten Taschen einer genauen Durchsuchung unterzogen. Trotzdem gelang es ihrer „durchgreifenden" Wachsamkeit nicht, meinen winzigen Film=Belichter zu entdecken, den unser Donckeymann nach Seemannsart immer veräppelnd mit „Puschinella=Kas'n" begrüßte. Hiernach verklärte man mir durch verbindliches Lächeln und unter Handanlegen an die gut sitzende Dienstmütze, daß ich nunmehr den englischen Malta=Boden betreten dürfte.

Mittags im schönen Städtchen kriegte ich einen bösen Schreck, weil um Punkt zwölf Uhr die „saluting battery" vorschriftsmäßig über meinen Schädel losdröhnte. Ich erholte mich hiervon jedoch recht bald beim Anblick der Malteserinnen, die durch ihre schlichte, schwarze Kleidung und ihre „Faldetta", ihre kutchenverschlagartige Kopfbedeckung, wirklich lammfromm und harmlos wirkten. Ich blieb sorglos und fand an Bord sogar Mut zum Knipsen durch ein Seitenfenster.

Als die Weiterfahrt nach Alexandrien begann, ging ich an Deck und entdeckte, daß sich das Bild an Bord wesentlich geändert hatte. Trotzdem wir schon aus La Valetta heraus waren, wimmelte es an Deck immer noch von den buntesten Lumpen und Gesindel, die also scheinbar als sogenannte „Deck=passagiere" für billiges Geld irgendwohin, jedenfalls „mit" wollten. Ihr ganzes Leben und ihr gesamtes Sich=breit=machen waren tags und nachts auf das freie Oberdeck beschränkt. Es war bei näherer Betrachtung reinste Levante, die sich vornehm=

lich von gerösteten Fruchtkernen, gerösteten Erbsen, Knoblauch und ähnlichem Stinkkraut ernährte, so daß selbst durch die Windtutsen des Maschinenraums den Wachgängern aufmunternde Gerüche reinster orientalischer Art in die Nase stiegen.

Dieses lumpenprächtige und wohlriechende Gesindel hatte aber auch manche Vorteile für mich. Vor allen Dingen gaben mir diese Eingeborenen durch von mir gesuchte Gespräche auf der Ueberfahrt bis Alexandrien ausreichend Gelegenheit, um mich an eine im Orient, soweit ich ihn berühren sollte, verständliche Ausdrucksweise zu gewöhnen. Hätte ich nicht als Junge viel mit Amerikanern herumgetobt! Mit meinem Schulenglisch konnte ich zunächst kaum etwas anfangen! So leuchtete mir vollständig ein, daß:

„All right, Sir, me sabby!"
nur das verstehende Begreifen meines Gegenüber verwortlautete. (sabby — savoir — wissen — verstehen?). Und kein Mensch spricht hier das th als S-Laut aus, es erschallt kühn als reines t:

„Yes Sir, tank you, tat ting!"

Auf Grund dieser und ähnlicher möglichen Maulfaulheiten hat sich die englische Sprache wenigstens alle Küsten der Erde erobert. Die gebildeten Eingeborenen in der Levante reden übrigens ein glänzendes Französisch und recht oft ein gutes Italienisch.

So entdeckte ich, mir durch seinen sicheren Schritt, seine aufrechte Haltung und sein rassiges Gesicht auffallend, einen Nordafrikaner bester Art. Ich nahm ihn mir eines Tages an der Reeling vor. Wir einigten uns zu meiner ergänzenden Belehrung auf die französische Sprache, die er fließend beherrschte. Da er irgend was wie Häuptling war und von einer hochdiplomatischen Sendung beim französischen Präsidenten zurückkehrte, wurden wir durch politisches Schwätzen recht bald sehr gute Freunde, wenn ich dadurch auch schließlich für die nächsten vier Wochen mit Politik überfüttert war. Leider bekam unsere Freundschaft kurz vor Alexandrien noch einen schweren Knacks.

Seine beiden verschleierten Frauen hausten mit dem gesamten Familiengepäck und den Gören auf dem achteren Hüttendeck, auf dem ich bisher immer gerne gemüllert hatte. Ich fand daher trotz der Frauen häufig den Weg auf die Hütte, auch um gelegentlich Einblicke in das verhüllte mohammedanische Familienleben zu tun. Ohne meine Schuld wirkte ich aber auf die jüngere der beiden Frauen, die sich auf Grund ihres großen Altersunterschiedes glänzend vertrugen, derartig übermütig machend, daß sie eines Tages ihren Gesichtsschleier lüftete und mich bedeutend ansah; natürlich erschien in dem gleichen Augenblick ihr Herr und Gebieter, um fast gleichzeitig mich und die entgleiste Gattin mit eiskalten Blicken strafend zu durchbohren. Ich zog ohne Schuldgefühl und doch leicht bedripst in meine Kammer, durch deren Oberlicht noch lange Zeit in fremder Sprache laute Worte heftiger Erregung verhallend zu mir drangen. Da ich im Traum von heißblütiger Hand geführtes, kaltes Eisen erblickte, vermied ich des Nachts unnötige, einsame Gänge an Bord.

Wir sahen uns nicht wieder bis zum Ausbooten in Jaffa, das mich durch einen noch als Mißgeschick zu erläuternden Zufall mit meinem ehemals befreundeten Würdenträger und seinem Anhang zusammen in das gleiche Boot brachte. Unser Boot, das von drei ziemlichen Kümmel-Türken unter tollen Allah-Gesängen durch die Brandung gerudert werden sollte, schlug schnell hintereinander zweimal auf die gelblichen Muschelfelsen und wurde dann parallel zu den brandenden Wellen auf tieferes Wasser zwischen dieser letzten Barre und dem Strand geworfen. Da das Boot voll besetzt und schwer beladen war, drang das Wasser durch die Lecks in hohem Strahl schnell in das Boot, und während unsere Bootsgäste herumfuchtelnd und schreiend vergeblich versuchten, die Lecks mit auf Grund der ständigen Brandung stets in den dortigen Booten vorhandenem Wachs zuzustopfen, standen wir bald bis zum Stiefelhals im Wasser. Ich entschloß mich daher, dafür zu sorgen, daß Gepäck und Frauen möglichst schnell und trocken an Land kamen, sprang außenbords, zog das Boot vierkant näher an den Strand und begann mit dem Herausreppen des in Vorsicht auf die Duchten gestauten Gepäcks.

Mein Beispiel wirkte, und bald konnten wir die ihrer

Rasse getreu wasserscheuen Männer und natürlich auch die Frauen an Land und in Sicherheit bringen. War's ein Wunder, daß die junge Frau meines hier überraschend ängstlichen Würdenträgers alsbald von mir in — sagen wir mal „furchtsamer" Anklammerung an den Strand getragen wurde und dort aus lauter Angst oder aus sonst irgendeinem Grunde gar nicht wieder von mir lassen wollte, und daß der hohe Herr Ehegemahl aus Dankbarkeit, die ich nur auf die soeben überstandene Furcht zurückführen konnte, mir seine Freundschaft ohne Groll wieder schenkte?

Schade, daß sich hier unsere Wege trennten.

Aegypten

Bei diesem Seemannsgarn hab' ich beinah vergessen, daß wir einstweilen noch immer nach Alexandrien unterwegs sind, wo wir aus Platzmangel zunächst im westlichen Hafen an einer Boje festmachen mußten, so daß das Löschen nur kümmerlich mittels plundriger, vollkommen eingedeckter und nur für Decklast bestimmter Prähme vor sich gehen konnte. Das mußte allerdings auf die Länge meiner dienstfreien Zeit nur günstigen Einfluß haben. Trotzdem lag ich ungern an der Boje, weil es wirklich kein Vergnügen ist, sich nachts von irgendeinem Lausekerl an Bord rudern und segeln zu lassen, besonders wenn man kein Kleingeld hat und dadurch vorher unter die Wechsler in den Hafenspelunken gerät, um sich erstens bemogeln zu lassen, und um zweitens anhören zu müssen, daß das englische Goldstück „viel mehr" besser sei als das wenig bekannte deutsche Goldstück. Zu meiner großen Freude wurde aber bald ein Platz am Molenkai frei, so daß ich tags und nachts mühelos kommen und gehen konnte, wann ich wollte. Und das war wirklich nötig, denn nun begann ein ganz toller Lösch= und Ladebetrieb.

Wohl weit über hundert „Kanacker", wie der Seemann überall gerne die Eingeborenen nennt, stürzten sich an Bord und waren in wenigen Augenblicken Herren der Lage. Wer ihnen im Weg stand, den schoben sie mit den schönen Worten:

„Move Landsmann!"

unter so goldig unverschämtem Lächeln zur Seite, daß man nicht zürnen konnte. So weit es Araber und Beduinen waren, gab'S bildschöne Kerle darunter mit hochkultivierten Stirn=

Alexandrien   Leuchtturm am Râs et-Tin

Harbeck, Mittelmeer

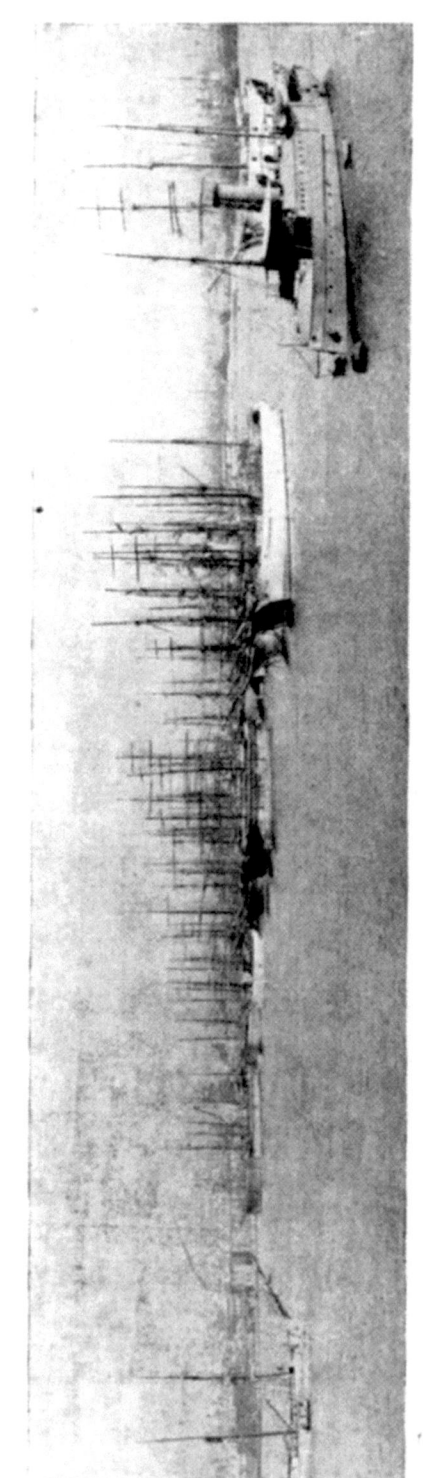

Alexandrien. Innerer Hafen

Leichtern in Alexandrien

Alexandrien. Eingeborene.
Im Hintergrund das Fort Kaït Bey

Alexandrien.
Pompejus-Säule mit einer ihrer beiden Sphingen

Abukir

und Nasenlinien. Unter wüstem Geschrei und Toben schlugen die Ladebäume in der Gegend umher, waren plötzlich die Ladeluken geöffnet, und saßen überraschend zerlumpte Gestalten an den munter laufenden Ladespillen; fast **gleichzeitig flogen** schon die ersten Kisten an Land und die ersten Ballen an Bord. Trotz des äußerlich wüsten Treibens, und trotzdem die Kerle an den Spills unentwegt Zigaretten rauchten, die sie sich mit unglaublicher Geschicklichkeit während ihrer sehr Aufmerksamkeit erfordernden Arbeit selbst sir drehten, klappte der ganze Laden glänzend, und es wurde eine Pfundsmenge geschafft; das sah man auch dem von ganzer Hingebung leuchtenden Gesicht des arabischen **Lademeisters an, der thronend seine** Leute von der Schiffsbrücke aus überwachte. Im zweiten Deck waren Eisenbahnschienen zu löschen, und während es mir Spaß machte, überrascht sehen zu müssen, daß diese Schienen durch das Unwetter, das unser Auto weggespült hatte, zum Teil fast rechtwinklig umgebogen worden waren, entsetzte ich mich, als die Leute in **sehr geschickter Weise aus den** Schienen und Kisten von Deck nach dem Kai eine schräge Gleitbahn bauten, auf die sie aus dem Ladebaum die aus dem Raum gehievten Schienen herauf- und dann herabsausen ließen. Das gab einen Höllenlärm, der für zwei Tage und Nächte in Aussicht stand; dazwischen das laute „Meina"- und „Hiev up"-Gröhlen bei jedem unermüdlich klappernden Spill. Ich entschloß mich daher schleunigst, im Einvernehmen mit der Schiffsleitung das Lokal für vierzehn Tage zu verlassen.

So ging ich denn in Nord-Afrika „am Lande". In Alexandrien. Oh Gott, welche Enttäuschung, als ich die ersten Palmen sah. Ich hätte als Hamburger beinah:

„Ih gitt, ih gitt!"

gesagt und versöhnte mich erst wieder mit diesem berühmten Gewächs, als ich mit einer idyllischen Kleinbahn in die Palmenwälder von Abukir gelangte und dort eigentlichste orientalische Landschaft mit Sandhügeln und Beduinenzelten in goldiger Abendsonne auf mich wirken lassen konnte. Und durch die narbigen Palmenstämme glänzte das Stückchen Meer, dem Nelson seinen Ruhm verdankte.

Zum Uebernachten ging ich wieder an Bord. Als ich mich am nächsten Morgen auf den Weg zum Fort Kaït Bey am alten Leuchtturm machte, lernte ich den Preis für die Ueberwindung des prophetischen Verbotes:

„Du sollst dich nicht knipsen lassen".

Ich knipste die beiden eingeborenen Bengels für den hohen Preis von zwei Piastern, kriegte den prächtigen Ziegenbock aber doch nicht mit auf den Film. Hierdurch stolz gemacht, fiel ich auch nicht aus der Rolle, als der sture Posten vor dem Fort Kaït Bey vor mir präsentierte, so daß ich mir das Fort wohl oder übel genau von innen besehen mußte. Meine Geistesgegenwart langte gerade zu einem würdigen Gegengruß durch lässiges Handanlegen an meine brave Seglermütze und zu dem Zusammenreimen, daß mein vorschriftsmäßiger Klubanzug den Duffel an irgendeine bessere Marineuniform erinnert haben mußte. Außerdem war ich einen Kopf länger als er. Welche Vorstellungen oder seelischen Bewegungen aber in dem Posten am Vizeköniglichen Schloß Râs et-Tin vorgingen, der mir eine große Tüte köstlicher Datteln schenkte, als ich mir den hochherrschaftlichen Harem von außen besehen wollte, habe ich bis heute noch nicht erraten.

Nachdem ich mich mit weiten Augen und Ohren durch das laute und bunt zerlumpte Treiben der malerischen Mohammedaner- und Araber-Viertel hindurchgeschlagen hatte, das man erleben muß und nicht beschreiben kann, strandete ich in einem Kaffee im Franken-Viertel (im Orient werden alle Europäer mit „Franken" bezeichnet) und aß dort statt Mittagessen sechzehn Kuchen und einen Kaffee „noir" und einen „fort". Ich stellte fest, daß der arabische Kaffee „fort" besser schmeckte, und rechnete mit deutschem Mut, in italienischen Sprachbrocken und mit englischem Gelde auf ägyptischem Boden ab. Mit dem Gedanken:

„Junge, Junge, dat kost di aber'n ganzen Barg Geld!" verholte ich mich Trost suchend in den durch und durch deutschen Löwenbräukeller und hatte bald einen richtigen, männermordenden Schoppen voll echten, bayrischen Faß-Bieres in der entwöhnten Hand. Das schmeckte nach diesem scheußlichen Flaschen-Export-Bier, mit dem man sich an Bord be-

Alexandrien. Sidi-Gober Moschee

Alexandrien. Katakomben

Alexandrien. Im Mohamedaner-Viertel

Kairo. Museum

Kairo-Gizeh. Die drei Pyramiden

Kairo-Gizeh. Der Zugang zur Cheops-Pyramide

helfen mußte! So bekam ich Mut, in die nahe der doppelt besphinxten Pompejus=Säule gelegenen Katakomben und den Scherbenberg hineinzusteigen. Doch war mein Führer so alt und schweigsam, und er schritt unter überlegenem Lächeln so zögernd in den ekelhaft dunklen und winkligen Gängen vorwärts, daß mir ziemlich gruselig wurde, und ich gänzlich überflüssiger Weise die Lage meines Revolvers genau feststellte. Wir vertrugen uns tatsächlich ganz gut, ich durfte ihn sogar knipsen. Aber nachher konnte ich an der Höhe des verausgabten Trinkgeldes feststellen, welche Heidenangst ich ausgestanden hatte, wenn er grinsend, überflüssig lange vor angeblich sehenswerten Gräbern stehen geblieben war.

Einige Tage darauf ging mir's wieder genau so, als ich von zwei kräftigen Burschen auf Grund teuren Eintrittsgeldes in die königliche Grabkammer im Innern der großen Pyramide in Gizeh bei Kairo buchstäblich hineingeschleift wurde. In den sehr steilen, dunklen Gängen, die durch den hier strömenden Bädeker=Reisenden jeder Art — von der geflickten, ungebügelten, braven Lodenhose bis zu den überlegensten homespun breeches — stufenlos und aalglatt getrampelt sind, geht „selbstverständlich" recht oft „die" schon teure Kerze aus, und jedes Neuanstecken kostet je nach der Angst, die man den feixenden Führern äußerlich zu erkennen gibt, nichts oder einen Schilling. Für die bengalische und Magnesiumdraht=Beleuchtung der Grabkammer zahlte ich natürlich gerne. Ich dankte meinem Schöpfer, als ich wieder draußen war und den Himmel über mir sah.

Wer durch seine Neugierde nicht dazu gezwungen wird, bleibe ruhig draußen und begnüge sich damit, die Cheops=Pyramide und die arg zerbeulte und fast versandete Sphinx von außen zu besehen und allenfalls zu besteigen. Er kann auch da schon zur Genüge kennen lernen, was „bakschisch" ist. Denn nicht nur die drei Leute wollen trotz der teuren „Eintrittskarte" noch bezahlt werden, die einen an den Händen hochziehend und am Gesäß nachschubsend, unermüdlich und grinsend bis zur Spitze jagen, sondern auch noch ein vierter Knabe, der unaufgefordert für den Bedarfsfall Trinkwasser in einer Tonflasche mit 'rauf und 'runter schleppt, ver=

langt seinen Schilling, auch wenn man das Wasser nicht einmal angeguckt hat. Und kaum beginnt man sich oben durch den köstlichen Rundblick von der durch vier Gasrohre verunzierten Spitze der Pyramide von den Mühen des Steinklotz-Kletterns zu erholen, da kommen die Lümmels schon wieder mit dem Zauberwort „bakschisch" und mit entsprechender feixender Handbewegung an:

„For tank"

und wischen sich grinsend den Schweiß von der Stirn, als hätten sie zu dem Aufstieg ihre letzten Kräfte hergegeben. Ich war froh, als die Kerle sich endlich hinsetzten und sich sättigend den bewilligten Silberling besahen.

Auf diese Art, der ich noch nicht gewachsen war, entrollte das Geld als „bakschisch" willig meinen Händen, bis ich alle Bädeker-Sterne „genommen" hatte. Selbst im Museum von Kairo scheuten sich die Wärter nicht, durch ungewünschte Erläuterungen sich „bakschisch"-Luv zu erringen, obgleich über ihren Häuptern auf den ihnen vorbildlich angewiesenen Stehplätzen sie betreffende, vielsprachige „Il est défendu..."-Tafeln hingen.

Leider verliefen die Tage im Trubel der ungezählten, neuen Eindrücke viel zu schnell, und ich mußte für mich überraschend den Nilstätten Memphis, Heluan und Kairo (!) wieder den Rücken wenden.

Die Eisenbahnverbindung nach Alexandrien ist mustergültig und besonders in der dritten Wagenklasse, unserer vierten entsprechend, glänzend dem dortigen Volksleben angepaßt. Als ich einem mitreisenden Eingeborenen verklarte, daß ich ein Deutscher wäre, sprach er die klassischen Worte:

„All right, Sir! Me sabby! Hurra! Deutschland über Alles!"

Von der Eisenbahn, die ausgezeichnet fährt, schaut man auf das durch kunstvolle Bewässerung reiche Frucht tragende Land im Nildelta. Ich sah viele fleißige Ackerbauer, die durch Drehen einer Stange, um die in Spiralen eine Rinne gewunden ist, mühsam das graue, schmutzige Nil-Kanalwasser mehrere Meter hoch in die Bewässerungsgräben ihres Ackers schafften.

Kairo-Gizeh. Die zerstümmelte und fast versandete Sphinx

Kairo-Gizeh.
Auf der „Vier-Gasrohr-Spitze" der Cheops-Pyramide

Nildampfer Kurs Kairo-Manphis

Holz und auch Steinkohlen gibt es hier nicht, und so durfte ich mich nicht wundern, daß Jung's und Frauen auf den Landstraßen den Kotspuren der Ein- und Zweihöcker folgten und diese dadurch restlos beseitigten, daß sie die gehäufte, rechte Hand an der gebörtelten Scheibe abstrichen, die sie mit der linken Hand beim Bücken auf dem Kopfe festhielten. Die Sonne scheint heiß auf die nach oben offenen Häuser und vollendet dort trocknend die Umwandlung des Kots in vorzüglichen Brennstoff.

Während der Bahnfahrt, die mir eine unvergeßliche Erinnerung ist, hatte ich auch hinreichend Gelegenheit, die den „hängenden Gärten" weder an Schönheit noch an üppiger Fülle irgendwie nachstehenden „hängenden", türkischen Pluderhosen eingehend zu studieren. Die Dinger sind raumtechnisch einfach glänzend! Ich hatte schon häufig an Bord bewundernd festgestellt, daß sich in diesen Hosen eine vollständige Zigarettenfabrik für Handarbeit mühelos unterbringen läßt. Heute erlebte ich nun, aus dem Staunen nicht herauskommend, daß sich in ihnen a u ß e r d e m bequem ein reichhaltiges Mittagessen für eine vielköpfige Familie verstauen läßt, alles durcheinander: klebrige Datteln, kreisrundes Brot, feuerrote Melone, zähes Hammelfleisch, geröstete Kerne und wässerige Kakteenfrüchte. Ach Gott, ja, Kakteenfrüchte! Ich warne jeden, sie sich selbst zu pflücken, der nicht genau weiß, wie man ihre nach Art behaarter Schönheitsflecke alter Damen gewachsenen Borsten-Büschel entfernen muß. Sonst geht's ihm so wie mir in Abukir, wo mir, vielleicht als gerechte Strafe für den „Flurdiebstahl", die Borsten in die Lederhaut der unbefugten Hände drangen, aus der ich sie nach vielen, kleinen Eiterungen und scheußlichem Jucken erst nach einer ganzen Reihe von Tagen wieder los wurde.

So beschaulich sitzend und der Eisenbahn mein Zurückfinden nach Alexandrien ruhig überlassend, kam es, daß die Fülle der in den letzten vierzehn Tagen durchlebten Eindrücke wieder an mir vorüberhuschte, jetzt, da ich Aegypten auf ungewisse Zeit wieder hinter mir lassen sollte. Nicht deshalb wurde ich traurig, sondern weil ich fühlte, daß mir eine ganze Menge Illusionen zerstört worden waren. Dieses unglückselige Bädeker-Treiben, überall: in den Hotels, Pensionen, Moscheen, Dampfern, Gräbern, Museen usw., auf jedem schönen Fleckchen Erde; nur die übermütigen Bengels von Stiefelputzern in allen Haut- und Stiefelfarben machten sich **riesig nett dazwischen. Deren** fremdländischer Reiz war **nicht** zertrampelt. Dann dieses entsetzlich widerliche „bakschisch"-Unwesen, das ich schon geschildert habe, und das überall in der gleich unverschämten, jeden Nimbus raubenden Form auftritt. Dieser Erscheinung steht würdig zur Seite das edle Pack der Händler, die ihre „Fremdenindustrie" schon an Bord aufdringlich beginnen und dort begeisterte, abendländische Dumme suchen und immer Ganzdumme finden: Postkarten, Shawls, Spitzen, Waffen, Krokodile, Ringe, Obst, Briefmarken usw. Man zahle ein Drittel, der Wert beträgt ein Zehntel. Natürlich setzen sie ihre „Industrie" auch in den Straßen fort und stürzen auf jeden Bädeker. Ein Meyer oder Grieben genügt ihnen auch schon. Hornbrillen ziehen sehr. Lodenhosen oder breeches? Vollkommen wurscht!

Obgleich ich von alledem nichts hatte, machten sie auf mich doch einige Anläufe.

Ein ganz unverfrorener Geselle, auf den ich fast hineinfiel, setzte folgendes in Szene: Er fand unmittelbar vor mir beim Méhémet-Ali-Platz etwas Verlorenes auf der Straße, kam mit einem „kostbaren" Ring augenblinzelnd, mit dem auf den Mund gelegten, linken Zeigefinger dringend Schweigen gebietend, plump vertraulich an mich heran und wollte mich zum Hehler an diesem fünf Groschen-Schund machen, obgleich natürlich in Wirklichkeit gar kein Stehler da war. Der Ring kam sicher als „Fremdenindustrie"-Dutzendware aus irgend einem Hamburger Export-Geschäft.

Und doch — auch wirklich edle Seelen habe ich dort kennen gelernt, die fast von klassischem Adel sind, und die ich hier nicht vergessen darf, ohne ungerecht zu werden.

Mein guter alter Teppichhändler in der El-Midan-Straße.

Ein vornehmer und tüchtiger Großkaufmann! Ich habe zwei kleine Teppiche bei ihm gekauft — zu Mehr langten

Am Nilstrand

Kalifengrab

meine Groschen nicht —, ohne mit ihm ein Wort zu reden. Er hielt auf sich und sprach nur arabisch, was ich nicht konnte.

Sein von außen unscheinbarer Laden lag neben einem vergnüglichen „Fez-Bügel"- und „-Preß-August". Nach mohammedanischem Kopf- und Brustgruß wurde ich sofort an Tisch und Stuhl mit Kaffee „fort" und Zigarette genötigt, dann wurde ich ohne Worte eingeschätzt, mir Teppiche entsprechender Güte und Größe vorgelegt, und vor allen Dingen unterwürfig aber scharfsinnig mein Mienenspiel beim Anblick der verschiedenen Muster besehen. So kam aus dem an Werten viele Hunderttausende bergenden Lager in ganz kurzer Zeit die Ware zum Vorschein, von der mein Teppichhändler mit Sicherheit annahm, daß ich sie nehmen würde; wenn heute nicht, dann demnächst. Man kam sicher wieder; oft täglich zweimal; und der Kaffee war immer gleich gut. Sofort lagen die bestimmten Teppiche wieder ausgebreitet vor den Füßen. Während zunächst Fragen nach dem Preis mit händeredendem Entsetzen zurückgewiesen wurden, um den „hohen" Geschmack des „edlen" Käufers nicht nachteilig zu beeinflussen, kam ich am dritten Tage, als die Entscheidung über den Kauf zweier bestimmter Teppiche heranreifte, an Hand einer Schiefertafel doch dahinter. Die nächsten drei Tage, die noch bis zum endgültigen Kauf vergingen, waren bei Kaffee, Zigarette und ausgebreiteter Ware ein wortloser Kampf um eine Preisermäßigung, abhängig von kleinsten und feinsten Imponderabilien, auch von Hypnose. Jedenfalls war das Ganze ein unsagbar freudiges Erlebnis. Es steckte Kultur dahinter.

Es gibt also, Gott sei Dank, auch dort noch Aristokraten im Volk.

Aber der seelische Knacks blieb.

War es eine Strafe für die Illusionen, die ich Berichten, Büchern und meiner Phantasie verdankte?

Guckte ich mir nicht die Welt zu sehr mit deutschen Augen an, statt die Erde mit Welt-Augen für Deutschland zu betrachten?

In solcher Stimmung erreichte ich Alexandrien und mein Schiff.

An Bord war alles schon fast klar zum in See gehen. Wir waren wieder ziemlich vollgepackt und sollten in kleiner Küstenfahrt, uns allmählich entleerend, die syrischen Küstenplätze abklappern.

Das heißt, beinah wäre ich vorher noch ausgestiegen.

Nachdem ich mir am letzten Abend nochmals das arabische Straßentreiben und die zugehörigen, halbverschleierten Frauen mit ihren unmöglichen, vergoldeten Nasenknüppeln hatte vorführen lassen, trieb mich ein frommer Abschluß-Drang in das deutsche Seemannsheim. Dort führte mich mein Schicksal weiter in die Arme des hier gerade durchreisenden Herrn A. W., der mit einem Pointer, einem Dobbermann, einer Flinte, einem Rucksack und einem wahren Aktenbündel von beglaubigten Ausweisen bewaffnet, in sechs Jahren zu Fuß um die Welt (damit meinen wir Menschen immer die kleine, winzige Erde) wanderte. Von Alexandrien wollte er nach Kapstadt. Er suchte einen Reisebegleiter für die auf dieser Strecke liegenden, menschenfressenden Länder Afrikas. Ihn reizten meine Länge und meine Beinmuskeln, und mich unvernünftigen, jungen Dachs trieb die Abenteuerlust.

Es schien alles in eine Kerbe zu hauen.

Eine gütige, höhere Vernunft hieß mich am nächsten Morgen dennoch rechtzeitig an Bord meines treuen Dampfers gehen, den ich bald durch pflichtgemäßes Zugreifen bei Kesseln und Maschinen etwas in seiner Absicht unterstützte, uns mitsamt der Ladung zunächst nach Jaffa bei Jerusalem zu bringen.

Von Herrn A. W. habe ich nie wieder etwas gehört oder gesehen.

Araberin mit goldenem „Nasenknüppel"

Beduinen

Beduine

„Klein"-Asiaten

Vier Generationen Beduinen

Orientalische Mutterliebe

Pech

Als das ebenso langgestreckte wie öde Nildelta-Küstenland und der kaum schönere Suez-Kanal mit dem trostlosen Port-Said endlich hinter der Kimm verschwanden, war ich kaum traurig, freute mich vielmehr recht herzlich an dem kleinen Seetörn, der mich an die Küsten eines neuen Erdteiles bringen sollte.

Ich erlebte wieder die Seefahrt und wuchs daran.

Als wir die leicht ansteigenden Häuserberge von Jaffa in Sicht bekamen, war ich wiederum recht enttäuscht, und ich konnte mir's auch später bei näherer Betrachtung nur schwer vorstellen, daß ich nunmehr in dem berühmten „heiligen Land" sei, von dem uns von Kind an erzählt wird. Auch mein späterer Besuch von Jerusalem vermochte mich nicht umzustimmen.

Aber einstweilen war ich ja noch gar nicht am Lande. Und damit sah es zunächst auch noch recht hoffnungslos aus. Jaffa hat keinen Hafen, so daß wir mit unserem Zossen auf der offenen Reede ankern mußten. Wie es an 200 Tagen im Jahr der Fall sein soll, wehte ein recht frischer westlicher, also auflandiger Wind, der genügend See aufwarf, um durch die in den vorgelagerten, felsigen Muschelbänken tobende Brandung jeden Verkehr mit dem Lande zu verhindern. Da wir hier große Mengen Glas und Zucker an Land geben sollten, mußten wir also geduldig auf anderes Wetter warten.

Tagelang.

Unsere einzige Beschäftigung bestand täglich aus einer etwa halbstündigen Flaggensignal-Unterhaltung um die Mittagszeit mit unserem Agenten, der aber trotz aller Drahtungen nach dem Hauptkontor in Hamburg keinen Einfluß auf das Wetter erlangen konnte. Man erwog schon, uns unverrichteter Sache weiterzuschicken.

Endlich, eines Vormittags, flaute der Wind vorübergehend etwas ab. Wenn's auch nicht genügte, um mit dem Löschen der Ladung zu beginnen, so gelang es doch einigen Vertretern des edlen Händlerpacks mit ganz winzigen und schmalen Booten auf Grund glänzender Fahrwasserkenntnisse durch die Brandung und damit längsseit und an Bord zu kommen.

Leider!

Warum?

Weil sie mich veranlaßten, meine jugendliche Unmäßigkeit zu betätigen, und zwar sehr zum Nachteil meines eigenen Leibes.

Ueberschrift: „Changy for Changy!"

Tauschhandel!

Ich hatte mir zunächst einige äußerlich grasgrüne Apfelsinen gekauft, diese mitten durchgeschnitten und mich durch einige aushöhlende Bisse, von denen jeder einer Apfelsinen-Hälfte den Rest gab, davon überzeugt, daß das ungewohnte Grün der Schale ein köstlich süßes Fleisch im Innern nicht ausschließt. So kam ich auf Geschmack und verwirklichte mangels überflüssiger Barmittel das entstehende begehrliche „Mehr!" durch den Eintausch eines riesigen Korbes Apfelsinen für eine aus meiner Unterprima-Zeit stammende Jacke. Die wenigen Stunden von Mittag bis Abend genügten, um sämtliche Apfelsinen durch Ausbeißen der Hälften zu vertilgen, und um mir für die nächsten Tage als gerechte Strafe für meine Unmäßigkeit eine derartige Hartleibigkeit (ja, wirklich! Ich hatte auch schlimmsten Falles gerade das Gegenteil erwartet) anzudrehen, daß selbst Schnapsgläser voll Rizinusöl und Eßlöffel voll Glaubersalz, die mir unser liebevoll besorgter Käp'n in Ermangelung eines Schiffsarztes einflößte, ohne den angstvoll herbeigesehnten Erfolg blieben. Erst heißes Seifenwasser, das ich mir selbst literweise verschrieb, sollte mir Erlösung bringen.

Trotzdem empfehle ich jedem Orientfahrer, sich weitgehendst mit alten Plünnen, billigen Taschenmessern, Scheren,

Heiliges Wasser

Betender Mohammedaner

Jaffa

Schreibfedern, Nadeln usw. und allem möglichen Export-Industrie-Schund auszurüsten, da diese Dinge hier draußen mindestens den dreifachen Wert haben, wenn man mit ihnen Tauschhandel treibt. Natürlich muß man gerissen sein, „Sabby" haben.

Diese Tauschhandel-Apfelsinen-Panne hatte doch den Vorteil, mir während des stumpfsinnigen Wartens auf besseres Wetter die Zeit vertrieben zu haben, denn der Verkehr mit dem Lande war noch immer nicht möglich, wenigstens nach der Flaggenmeldung unseres Agenten.

So lief ich tagelang landfein an Deck auf und ab, auf besseres Wetter und irgend eine Gelegenheit wartend, die es mir ermöglichte, endlich das nun schon lange genug gesichtete „heilige Land" zu betreten.

Ich war daher außerordentlich freudig überrascht, als ich eines Morgens ein großes, kräftiges Ruderboot am Fallreep liegen sah, in dem unsere gesamte Besatzung — übrigens ein schlimmes Pack der verschiedensten Völkerstämme — und mein ehemals befreundeter, nordafrikanischer Würdenträger mit seinen beiden verschleierten Frauen, Kindern und Gepäck bereits fahrbereit Platz genommen hatten. Ohne weitere Ueberlegung flitzte ich sofort das Fallreep herunter und in das gerade absetzende Boot. Es folgte jene verhängnisvolle Fahrt, auf der wir mit unserem Boot in die immer noch stehende Brandung und auf die Muschelfelsen gerieten, so daß das Boot leck schlug und wir Frauen und Gepäck durch das Wasser watend an Land bringen mußten, nachdem es mir mühsam gelungen war, das Boot aus seiner gefährlichen Lage parallel zur Brandung herauszubekommen und es senkrecht zum Ufer zu stellen. Wenn mir dieser Schiffbruch auch die uneingeschränkte Freundschaft des gekränkten Würdenträgers wiedergab, wie ich es schon geschildert habe, so war diese Fahrt doch ein ganz gehöriger Reinfall, den ich hätte vermeiden können, indem ich mich vorher an Bord über den Zweck der Fahrt erkundigt hätte.

Der Zweck der Fahrt war für mich, endlich an Land zu kommen, um mir Jaffa und Jerusalem zu besehen. Ich war entsprechend überrascht, als ich nach Klärung der schiffbrüchigen Verhältnisse feststellen mußte, daß ein sitzender, türkischer Doppelposten in verhältnismäßiger Uniform und Bewaffnung mich und die Schiffsbesatzung grundsätzlich daran hinderte, über unser Tun und Lassen auch nur im leisesten selbst bestimmen zu wollen. Da ich immerhin etwas Herrennatur besaß und auch noch nicht beim „Kommiß" gewesen war, wuchs mein Erstaunen über diese Knechtung derart, daß ich es zunächst gar nicht gewahr wurde, daß man mich und die Schiffsbesatzung wie 'ne Hammelherde, die vergeblich wider den Stachel löckt, in einer Richtung vor sich her trieb, die uns von Jaffa entfernte. Statt dessen näherten wir uns, dem einzig übrig bleibenden passiven Widerstand entsprechend langsam, einem dicht am Ufer weiter südlich von unserer Landungsstelle gelegenen, neueren Steinhaus.

Da hinein sollten wir?

Warum?

Ich vermutete schon, daß die damals zwischen den Türken und den Oesterreichern bestehende politische Hochspannung, die bis zu einem Boykott der österreichischen Waren geführt hatte, auch auf die Beziehungen der Türkei zu Deutschland übergegangen war, und daß wir aus solchen Gründen irgend einen politischen Wert besaßen, den die Türken sich erhalten wollten.

Schließlich erreichten wir das angesteuerte Steinhaus und traten zögernd ein. Die Soldaten verschlossen hinter uns die Tür und ließen uns allein. Nachdem wir längere Zeit immer wieder feststellten, daß sämtliche Türen unseres Zimmers verschlossen waren, rührte sich endlich ein Schlüssel an einer Tür und hereintrat, hinterlistig grinsend, ein ebenfalls uniformierter Türke. Er sprach natürlich nur türkisch und erklärte uns, die wir uns selbstverständlich vollkommen dumm anstellten, mit Handgriffen derbster Feldwebel=Art, daß wir sämtliche Plünnen auszuziehen hätten, und zwar schleunigst. Hiernach schloß er noch eine Tür auf und entfernte sich, um durch das Fenster eines angrenzenden, stockfinsteren Zimmers die Ausführung seines Befehles zu beobachten.

Wir gehorchten lässig und legten alles, was wir am Leibe hatten, in sorgfältiger Ordnung auf herumstehende Bänke. So stand ich, nur noch mit einem Kouleurring bekleidet, zusammen mit unseren nackigten Matrosen, Heizern und Jungs, der Dinge harrend, die da kommen sollten. Als ich neugierig die andere aufgeschlossene Tür öffnete, erschienen zwei neue türkische Gestalten, um in **einen** Korb sämtliche Stiefel und Schuhe und in einen **anderen** alle übrigen Bekleidungsstücke hineinzuwerfen und dann mit den Körben im Dunklen zu verschwinden.

Während ich mir noch wütend diese Unverschämtheit vorstellte, **meinen Anzug und meine Wäsche** mit den mehr oder weniger ungewaschenen Unterhosen und Hemden unserer Seeleute dunkelster Herkunft gründlich durcheinander zu wühlen, öffnete sich die Tür meiner Neugierde ganz, und wir wurden genötigt, uns barfuß und nackigt unter die sich uns dartuenden Brausen zu stellen, deren kümmerlich rieselndes Wasser kaum wärmer war als der empfindlich kühle Steinfußboden. Es paßte ganz und gar nicht zu der bisherigen Behandlungsart, daß die Türken uns nach einigem Zähneklappern Bademäntel und Pantoffeln zur Verfügung stellten. Da ich entsetzlich fror, legte ich mir einen Bademantel um, trotzdem von seinem augenscheinlich ehemals weiß-blauen Streifenmuster nur noch das Blau mit Sicherheit festzustellen war. Unsere Leute taten ein Gleiches, und in diesem Aufzug fanden wir uns in einem dritten Zimmer wieder, in dem wir ebenso ungeduldig wie lange auf unser weiteres Schicksal warten mußten.

Schließlich öffnete sich die Tür eines dunklen Nebenzimmers ein wenig, und von kaum sichtbarer Hand wurden unsere Stiefel und Schuhe quer in die Gegend geschmissen. Wir hatten also scheinbar Aussicht, unsere sämtlichen Plünnen wiederzuerhalten. Wer von unserer Besatzung keine Unterhose und Strümpfe zu erwarten hatte, zog sich hoffnungsvoll seine Stiefel oder Schuhe wieder an. Es dauerte wieder geraume Zeit, in der die glücklich wiedererlangten Stiefel ihren Reiz verloren, bis sich ein Fenster zu dem dunklen Zimmer auftat, so daß wir darin zwei Türken, einen Tisch und einen kesselartigen Bau entdecken konnten. Nach weiterem Warten wurde der Kessel geöffnet, und er spie einen dampfenden, dunklen Haufen aus, der von den Türken in einen auf dem Tisch stehenden Korb geworfen und aus diesem durch das offenstehende Fenster in unser Zimmer ausgekippt wurde. Die Fenster schlossen sich. Wir waren wieder allein und erkannten in dem an der Erde liegenden, dampfenden Haufen unsere Plünnen in einem entsetzlichen Zustand wieder. Als ich mit begreiflichem Ekel meine feuchtwarme Wäsche und Kleidung herausgepuhlt und wieder angezogen hatte und wieder den blauen Himmel über mir und die Mittlandsee vor mir sah, wußte ich, daß man versucht hatte, uns zu „entkeimen".

War es nötig gewesen, oder war es Schikane?

„Wer hieß dich Narr in dieses Boot steigen?", dachte ich und gab mir bildlich einen leichten Klapps auf die Stirn.

Heilfroh, diese sinnlose „Entkeimung" glücklich hinter mir zu haben, glaubte ich nun wenigstens, wenn auch mit einem Anzug ungebügelster Art, mir Land und Leute besehen zu dürfen. Aber auch diese Hoffnung scheiterte an dem seigenden Widerstand des sofort wiederaufgetauchten, türkischen Doppelpostens, der mir nur einen kurzen Augenblick zum Knipsen der „entkeimten" Besatzung gab und uns dann in ein Ruderboot jagte, das uns diesmal wohl besser gesteuert, aber für mich ergebnislos an Bord zurückbrachte.

Um mich zu schonen, will ich mir die Schilderung des Spottes ersparen, mit dem mich die wissenden Schiffsoffiziere noch wochenlang verfolgten, eigentlich mit Recht.

„Wir waren durch das Anlaufen von Alexandrien für die Hafenbehörde in Jaffa Cholera verdächtig, und deshalb mußte die Schiffsbesatzung ausschließlich der Offiziere an Land „entkeimt" werden", erklärte mir mit schadenfrohem Grinsen unser 1. Offizier.

Immerhin ein Erlebnis, ausgerechnet von den Türken bazillenfrei gemacht zu werden!

An Bord verschwand ich natürlich sofort in meiner Kammer, um mich nach einem gründlichen Wannenbad vollständig neu einzukleiden. Das gab mir in Zusammenwirkung mit dem in Anschluß daran nachgeholten Frühstück und Mittagessen, das ich durch die unfreiwillige Entseuchung versäumt hatte, neue Kräfte und den alten Lebensmut wieder.

Jaffa. Unsere Besatzung nach der „Entkeimung"

Jerusalem. Der Garten von Gethsemane

Râs Beirut. Im Hintergrunde der Libanon

Hochpolitische Knöpfe

Als ich nach diesem „Erlebnis" in tadellos gebügeltem Klubanzug wieder an Deck ging, fühlte ich mich restlos klar zu neuen Unternehmungen. Hierzu besah ich mir die Gelegenheiten und entdeckte, daß der Löschbetrieb nun inzwischen auch endlich begonnen hatte, nachdem der Wind etwas abgeflaut war. Aber scheinbar war gerade eine Nachmittags-Kaffee-Pause eingelegt, denn das ganze buntfarbige, lumpige Volk der Schauerleute war in beschaulichsten Siesta-Stellungen am Schwätzen und Zigaretten-Rauchen, statt die vielen hierher bestimmten Kisten voller Glas und Zucker in die längsseit liegenden Leichter zu geben. Und da sitzt sogar so'n Lump mit goldig unverschämtem Lächeln im Leichter auf einer Zuckerkiste, deren Deckel leicht beschädigt ist, und stopft sich unentwegt Zuckerstücke in die Taschen und in die allmächtige Pluderhose, um endlich, unter übermütigem Grinsen nach entsetzten Zuschauern suchend, an einem größeren Stück Zucker lutschend zur Ruhe zu kommen.

Und der 1. Offizier sieht das alles an, ohne einen Ton zu sagen?

Ist da irgend etwas los?

Ja!

Der 1. Offizier erzählte mir, an Land hätten die Türken beim Ausladen der Kisten unter dem aufgeklebten Zettel einer Hamburger Firma einen angeblich österreichischen Firmenzettel entdeckt. Da aber über österreichische Waren seitens der Türken der schärfste Boykott verhängt sei, hätten die Türken eine plumpe „Schiebung" einleuchtendster Art vermutet und sich geweigert, weiter zu löschen, falls die Angelegenheit nicht sofort befriedigend aufgeklärt werden würde. Diesbezügliche Drahtungen zwischen Konstantinopel—Wien—Berlin seien wohl schon im Gange.

In diese Unterhaltung hinein trat die sich schnell nähernde Erscheinung eines Ruderbootes, das bald am St.B.=Fallreep anlegte und uns den Besuch unseres Agenten in Jaffa brachte. Nach kurzer Begrüßung und Besprechung mit dem 1. Offizier reifte ein wohl schon vorher gefaßter Entschluß in ihm vollends aus, und alsbald trat er neben dem achteren Ladeluk an die niedergelegte B.B.=Reeling und begann zu den buntlumpigen Kanackern, die sich inzwischen größtenteils auf dem längsseit liegenden Leichter mit dem Zucker lutschenden Amtsbruder gesammelt hatten, eine Ansprache zu halten.

Der Zweck seiner mir unverständlichen, fremdsprachlichen Laute war offenbar, die streikenden Türken davon zu überzeugen, daß es sich wirklich nicht um österreichische Ware handle, und sie dadurch zur Wiederaufnahme der Arbeit zu veranlassen. Unser Agent, der durch jahrelangen Aufenthalt an dieser Küste weitgehendst in Sprache und Empfindungen der mohammedanischen Welt hineingewachsen war, brachte seine Ansprache in einer derart echt orientalisch brüllenden und körperlich tobenden Form heraus, daß mir die tollste Wahlrede in deutschen Gauen hiergegen friedlich erschien. Er packte die Türken in klassischer Form bei ihrer Liebe zu bilderreicher Anschauung und schwor ihnen bei Allah und sämtlichen Propheten, sofort bereit zu sein, seine stramm gefüllte Brieftasche, seine Uhr und seine schwer beladene Geldbörse über Bord zu werfen, und sich beide Hände, die Nase und selbst den Kopf abhacken zu lassen, falls er gelogen hätte, und es doch österreichische Ware wäre. Diesen Inhalt seiner Rede begriff ich nicht aus dem mir unverständlichen Wortlaut seiner Ansprache, sondern aus den wilden, begleitenden Bewegungen seiner Hände und Arme, die immer wieder abwechselnd zu Allah emporstrebten und das Ueber=Bord=Werfen der Wertgegenstände und das Abhacken der Körperteile körperlich greifbar veranschaulichten. Obgleich unser Agent genau wußte, daß die von den Türken vermutete „Schiebung" tatsächlich vorlag, und er infolgedessen jeden seiner beliebig vielen Allah-Schwüre als reinsten Meineid empfand, schienen Worte und Gesten seiner glänzend zündenden Rede auf die Türken doch schon überzeugend und umstimmend zu wirken, als eine plötzliche, ungeahnte Wendung der Sachlage eintrat.

Nun nennt mich nicht „Tühnbütel" und schimpft auf mich: „Hein, Du flunkerst!". Dieses kleine, wahre Geschichtchen krankt daran, daß es „lögenhaft to vertellen" ist.

Also:

Einer der zu bekehrenden Muselmänner zog, mit beiden Armen tief in seiner unergründlichen Pluderhose steckend, pampig schlaksend an mir, der ich der Rede lauschte, vorbei und entdeckte die Knöpfe auf meiner Seglerjacke und deren erhabene, den Akademischen Segler-Verein bezeichnende Aufschrift A.S.V. In dem gleichen Augenblick zieht mich der Lümmel an einem mit seiner Hand erfaßten Knopf bis dicht an die Reeling und brüllt höhnend in eine taktische Pause der Rede unseres Agenten hinein:

„Ooohahaa! Nix gut! Austriaco! Nix gut!"
und deutet auf die Inschrift des herbeigezogenen Knopfes meiner braven Seglerjacke. Er war augenscheinlich ganz außerordentlich stolz darauf, unser „hinterlistiges" Unternehmen dadurch entlarvt zu haben, daß seine hohe Intelligenz aus den Buchstaben A und S auf meinen Klubknöpfen das Wort „Austriaco" herleiten konnte.

Die Wirkung des „Indizien-Beweises" ist verblüffend. Nachdem sich noch einige weitere Türken und Analphabeten von der „rein österreichischen" Aufschrift meiner Knöpfe überzeugt haben, ist unser aller Spiel hoffnungslos verloren, und siegreich johlend ziehen sämtliche Muselmänner alsbald mit ihren Leichtern auf und davon, natürlich auch mit den „zufällig" aufgeladenen Zuckerkisten.

An Land soll es noch zu wüsten Szenen gekommen sein: die Zuckerkisten wurden über Bord geschmissen, so daß der fragliche Restinhalt die Mittlandsee versüßte; Truppen wurden zusammengezogen usw.

Ob mein mit knapper Not bezahlter Studenten-Schneider in Danzig beim Annähen meiner braven Seglerknöpfe wohl daran gedacht hat, daß ihnen in ihrem kümmerlichen Dasein noch einmal eine derartig hochpolitische Rolle zufallen sollte?

Da aus dieser Angelegenheit weder ein Schaden für unsere Reederei noch ein Krieg zwischen Deutschland und der Türkei entstehen konnte, entschloß ich mich, nun endlich meinen langgewollten Landgang nach Jaffa und Jerusalem zu unternehmen und den Dingen hier ruhig ihren Lauf zu lassen.

Als ich nach einigen Tagen ohne bedeutende Eindrücke und mit einem Serviettenring aus Olivenholz von diesen heiligen Stätten an Bord zurückkehrte, konnte ich denn auch erfahren, daß es einer hohen Diplomatie drahtlich gelungen war, den Streitfall in dem Sinne beizulegen, daß wir unsere Kisten hier los wurden. Außerdem entdeckte ich unter den inzwischen zugestiegenen Gestalten unserer stinkenden Deckpassagiere eine entzückende, junge Jüdin, deren unglaublich märchenhafte Schönheit ebenso fesselnd war, wie die ekelhaft zerflossenen Formen ihrer gealterten Mutter mich abstießen.

Sollte sie später, wenn sie alt war — das Altwerden beginnt hier bei den jüdischen Frauen schon vom vierzehnten Lebensjahr ab — ebenso in Häßlichkeit zerfallen? Was ging's mich heute an; bis nach Beirut, unserem nächsten syrischen Hafen, wo das Fräulein uns wieder verlassen wollte, würde ihre Schönheit wohl vorhalten.

So begann wieder die Seefahrt.

Syrien

Und während die leicht gewellte Küste Palästinas immer mehr meinen Blicken entschwand, versuchte ich vergeblich darüber nachzudenken, warum ich in Jerusalem reinste, deutsche Offiziere angetroffen hatte. Die trefflichen Schriften von Rohrbach hatte ich damals noch nicht gelesen. Erst in diesem Weltkriege ist mir die Bedeutung dieser Offiziere und damit des Orients richtig klar geworden, besonders als ich kürzlich, bald nach der Einnahme Jerusalems durch kraftvoll geführte, englische Truppen im Echo de Paris vom 25. November 1917 las:

„Als Herz des asiatischen türkischen Reiches, als symbolisches Zentrum der gegen das Germanentum verbündeten Christenheit haben die arabisch-syrischen Länder eine besondere Bedeutung für die englisch-französischen Beziehungen."

Außerdem hat sich inzwischen der Papst lobend über die hergestellte, ununterbrochene Ausdehnung eines britischen Reiches von Kapstadt bis Singapore ausgesprochen, so daß ich nunmehr restlos im Bilde bin.

Der von einer französischen Gesellschaft angelegte Hafen von Beirut, der bedeutendsten Handelsstadt der phönikischen Küste, ist leider viel zu klein. Wir waren daher, wie alle Dampfer, zu folgendem Manöver gezwungen:

Wir legten uns einlaufend parallel zum kleinen Wellenbrecher, ließen mit wenig Fahrt voraus den St.B.-Anker fallen und brachten mit der Maschine und richtigem Kettestecken das Schiff zum Stehen. Hierauf wurde St.B.-Ruder gelegt, und die Maschine ging wieder voraus, so daß das Schiff um den

St.B.=Anker drehte, bis es um 180° gedreht wieder parallel zur Mole und mit dem Heck nach Land zu lag. Dann ging die Maschine mit stützendem Ruder zurück, und es wurde soviel Kette gesteckt, daß das Heck an einer Boje festgemacht werden konnte. Dadurch wird es möglich, nach Schlippen der Heck=leine und Einhieven des Ankers mit wenig St.B.=Ruder später wieder aus dem engen Hafen auszulaufen.

Mit dem ersten Boot, das der 2. Offizier benutzte, um die Schiffspapiere zu dem kleinen Hafenamt zu bringen, kam ich an Land. Ich ging zum Bahnhof. In dem von mir ge=wählten Zug wurden auch einige gefangene Schwerverbrecher gestopft, deren unheimliche Blicke mich noch oft im Schlaf verfolgt haben.

Eine billige, neunstündige Bahnfahrt durch unvergeß=liche Landschaftsbilder des Libanons und des Anti=Libanons erschloß mir die berühmten Ruinen von Baal=bek und die glänzend orientalische Stadt Damaskus mit ihren großartigen Basaren.

Als ich leidlich gehetzt nach drei Tagen an Bord zurück=kehrte, blieb mir noch ein Tag für Beirut und seine Um=gegend, in der unsere sündhaft schöne Jüdin verschwunden war.

Mein erster Weg galt einem tüchtigen Handelsjuden, dem ich für billiges Geld einige Meter von breit liegender Beiruter Rohseide abschacherte. Hellsenf! Meine damalige Lieblingsfarbe.

Beirut dient einer solchen Fülle der verschiedensten Konfessionen als Operationsbasis für den Orient, daß der gebildetste und der dümmste Eingeborene, durch das Trommel=feuer der sich wild bekämpfenden Reklame (Anpreisung) zur Wahl gezwungen, an den Europäern und Amerikanern ver=zweifeln muß. Mir schienen damals die französischen Jesuiten eine siegreiche Vormachtstellung erlangt zu haben. Traurig erzählte mir ein welterfahrener, alter Deutscher, daß die deut=schen Protestanten, Katholiken usw. sich hier zum schweren Schaden des Deutschtums in einem ganz offenen Krieg bis auf's Messer bekämpften. Ich habe das überall im Auslande immer wieder erlebt.

Schandbar!

Verbrecher-Fuhre nach Damaskus

Türkische Truppen in Damaskus

Ruinen von Baalbek

Ruinen von Baalbek

Auch hierin sollten wir von England lernen.

Viel Spaß machten mir die im Chân Antûn Beg gelegenen Levante-Postämter der europäischen Großstaaten, auf denen ich umfangreiche Bestellungen von befreundeten Sammlern von Postwertzeichen zu erledigen hatte. Trotz des augenscheinlichen Stumpfsinnes dieser verteufelt langweilig erscheinenden Beschäftigung war mir dieses Unternehmen ungeheuer lehrreich. Ich erlebte hier einen wichtigen, lebendigen Faktor in dem nie endenden Kampf der Völker um Weltmacht. Mir schien aus der Art des Baues und der Geschäftsführung in diesen Postämtern ein gut Teil der Art der verschiedenen Völker zu sprechen, so daß hier eine bedeutungsvolle Grundlage für den Ruf und das Ansehen eines Volkes unter den anderen geschaffen wird. Deshalb müßten das beste Gebäude und die besten Beamten an solchen Stellen gerade eben gut genug sein. Hier darf nicht gespart werden! Hier spielen auch wieder einmal Fingernägel, Kragen und Bügelfalten eine unleugbare, politische Rolle. Die Deutschen auf diesem wertvollen Außenposten waren damals, wie in Jerusalem und Damaskus, in der großen Mehrzahl aus Schwabenland.

Am nächsten Morgen erfuhr ich, daß wir auch heute noch nicht in See gehen würden. Ich entschloß mich daher sofort zu einer Fußwanderung nach dem Libanon, den ich bisher nur mit der Eisenbahn durchquert hatte. Durch dreckigste Straßen und vorbei an ausgedehnten, seidebringenden Maulbeerpflanzungen erreichte ich bald einen felsigen, steilen Richtweg nach den am Fuße des schneeigen Dschebel Sannîn gelegenen Libanondörfern Bêt Meri und Brumâna.

In der wildzerklüfteten, eindrucksvollen Landschaft zeugen überall durch errichtete Steinmauern mühsam geschaffene, fruchtbare, wagerechte Fleckchen Erde, die zum Teil nicht größer als ein Quadratmeter sind, von großem Fleiß der Bevölkerung. Ich habe ähnliches nur in den kahlen, schwarzen Bergen Montenegros wiedergesehen.

Während ich mich noch bemühte, über den Schmerz meiner wundgelaufenen Füße hinwegzukommen, entdeckte ich hier oben plötzlich eine richtige Apotheke, die mir auch den ersehnten

Hirschtalg geben konnte. Die Apotheke gehörte zu der hier befindlichen Zentralstation (Hauptstelle) der Quäker mit Schule, Arzt und Krankenhaus. Recht froh war ich, dort zu erfahren, daß nahebei ein deutsches Gasthaus sei, in dem ich mich alsbald niederließ, um auf das bestellte Mittagessen zu warten, bestehend aus kreisrundem Brot, das nach Art von Torten zerschnitten wird, aus Butter, Libanon=Honig und Kaffee mit viel Zucker.

Als ich mich inzwischen ergötzte an dem königlichen Rundblick auf den schneebedeckten Libanon und auf die grün umrahmten, weißen Häuser Beiruts, die sich freudig abhoben von dem tiefblauen Meer und dem leuchtend blauen Sonnenhimmel, erblickte ich auch tief unten unseren Dampfer, um ihn mir durch die Linsen und Prismen meines Kiekers genauer zu besehen.

Warum tat ich Schafskopf das?

Plötzlich wich alle Begeisterung von mir, und ich verfiel in schärfstes, unharmonisches Nachdenken.

Auf meinem Dampfer wehte der „blaue Peter", der aller Welt verklarte, daß das Schiff noch heute in See geht!

Und meine ganzen Barmittel bestanden aus wenig mehr als 5 Franken!

Trotz wiederholter Betrachtung durch den hierzu haarscharf eingestellten Kieker war das Biest von Signalflagge nicht wegzukriegen.

Also los dafür!

Schmeiß 'rein das Mittagessen und 'runter vom Libanon.

Trotz meiner hetzenden Sprünge in's Tal entgingen mir doch nicht die zwei oder drei Zedern, die es im Libanon tatsächlich noch gibt, und ich erreichte das Schiff „mit Müh' und Not".

Der hochgespannte Dampf schaffte sich schon durch das Steamrohr am Schornstein einen Weg in's Freie und machte die Luft dumpf und dröhnend erzittern.

„Achterleine los!"

Orientalischer Basar

Blick vom Libanon auf Beirut

Libanon. Der schneebedeckte Dschebel Sannin (2608 m)

„Langsame Fahrt voraus!"
„Anker kurz Stag!"
„Anker auf und nieder!"
„Anker los!"
„Steuerbord Ruder!"
„Kurs Alexandrette!"

Klein-Asien

In Alexandrette, das im Scheitelpunkt des rechten Winkels zwischen der kleinasiatischen Süd- und der syrischen West-Küste liegt, gab's nichts zu erleben, als daß uns ein Trupp von Tartaren verließ, die von Beirut her unser Deck bevölkert hatten, und deren bei Männlein und Weiblein übliche Pumphosen mich ständig an unsere deutschen Damen erinnerten, die, als das Radfahren noch vornehm war, hierzu scheußliche Pumphosen als Rockersatz mit Stolz öffentlich zur Schau trugen.

Auch das westlich benachbarte Mersina am Abhange des Taurus bot wenig neues. Vergnüglich waren uns zwei Deutsche, die hier an Bord kamen und mehrere große, flache Kisten aufladen ließen. Diese Kisten enthielten aus Papiermasse hergestellte Nachbildungen der Inschrift irgend eines berühmten Steines oder Denkmals im Innern Klein-Asiens aus der Zeit Salomons, den Deutsche entdeckt und natürlich Engländer nach London gebracht hatten. Deutschland genügte der Stolz, eine Nachbildung zu besitzen. Diese beiden Landsleute waren sichtlich froh, ihre wertvolle Ladung glücklich los zu sein und fanden entsprechende Freude an dem deutschen Export-Flaschenbier, das ich ihnen willig verabfolgte.

„Sie hätten seit Jahr und Tag kein Bier mehr getrunken."

Als Anerkennung für meine Gastfreundschaft verdankte ich ihnen einen köstlichen Ritt in das Taurus-Gebirge westlich von Adana. Ich kam mir wie ein Zwerg vor, als ich durch über zwei Meter hohe, rotlila blühende Sträucher ritt,

Libanon. Pinien

Smyrna. Die Akropolis auf dem Berg Pagos

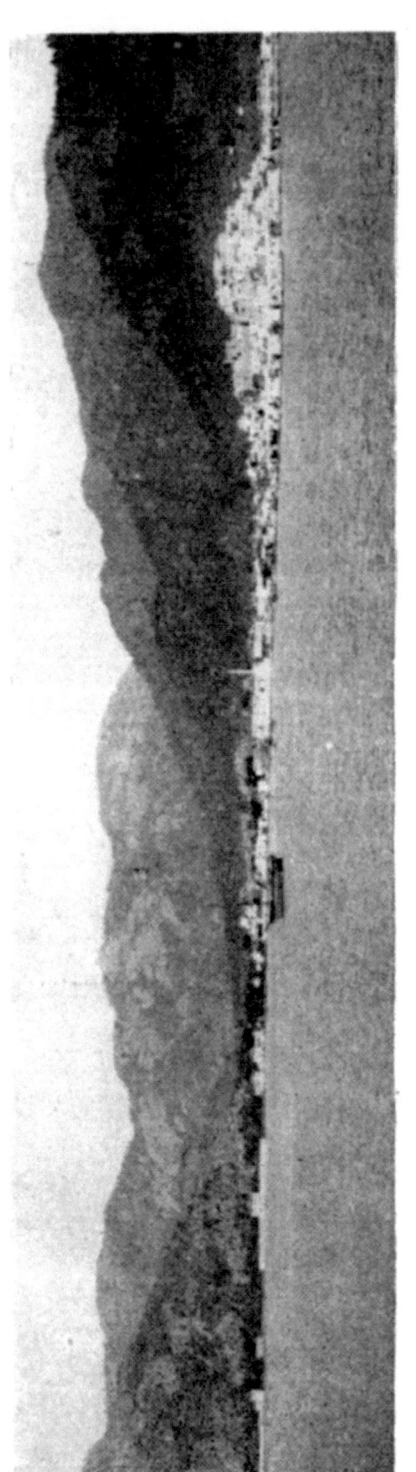
Zwischen Rhodos und Klein-Asien

die in allem einer zehnfachen Vergrößerung unserer Glocken=
heide glichen.

Unser Dampfer war nun inzwischen beim Abklappern der
Küste ziemlich leer geworden, so daß wir allmählich daran
denken mußten, uns wieder vollzupacken, wenn die Reederei
was verdienen sollte.

Zu diesem Zweck erhielten wir Anweisung, zunächst
Limassol auf Cypern anzulaufen, da unser Agent von
dort Pfundsmengen Johannisbrot gemeldet hatte. Dieses mir
aus meiner Kindheit vertraute Johannisbrot schmeckte mir und
auch später meinen Freunden in Deutschland ausgezeichnet.
Wenn man es durchbrach, perlte köstlicher Honig heraus. Die
Uebernahme erfolgte lose in Netzen, aus denen das Johannis=
brot in den Laderaum geschüttet wurde. Das ging sehr fix,
so daß ich an Land nur Zeit hatte, meine Briefmarken= und
Münzsammlung ergiebig zu ergänzen und mich an den riesigen
Johannisbrotbäumen zu erfreuen, deren dunkelgrüne, mächtige
Kugelform in kaum zwei Meter Höhe über dem Erdboden
wagerecht abgeschnitten ist, so eine prächtig belaubte Kreisfläche
von über dreißig Metern im Durchmesser bildend. Trotz der
Eile würgte es in mir, auch dieses köstliche Eiland wieder
in englischem Besitz zu finden.

Wir sollten von Cypern aus zwecks weiteren Voll=
packens Smyrna anlaufen. Es war ein prächtiges Genießen
der Mittlandsee, die Fahrt an Rhodos vorbei und durch
die tausend rotbraunen Inseln des ägäischen Meeres mit spär=
lichem, grünen Wuchs nach dem Golf von Smyrna. Ständig
umspielten, übermütig tummelnd, elegante Delphine den Bug
unseres Dampfers, der sich gemächlich seinen Weg durch die
tiefblauen Fluten bahnte. Durch die Kykladen und Spo=
raden an Chios vorbei ging's in den tief eingeschnittenen
Golf von Smyrna.

Ein großartiges Landschaftsbild! Ringsum schauen Ge=
birgsketten herab.

Eigenartig wirken an dem nördlichen, zunächst flachen Ufer
unregelmäßig verteilte, weißstrahlende Flächen, die man für
Dächer halten kann. Es sind aber weder Flächen noch Dächer,
sondern es handelt sich um mühsam zusammengeschaufelte

Salzberge. Das stark salzhaltige Meerwasser wird in flache, unmittelbar am Ufer gelegene Becken geleitet, wo es durch kostenlose Sonnenwärme schnell zur Verdunstung gebracht wird, so daß grobkörnige Salzkrystalle zurückbleiben, die in großen Haufen neben den Verdunstungsbecken zusammengeschaufelt werden.

„Was machen die armen Kerle bloß mit all' das Salz, wenn's auf einmal an zu regnen fängt?"

Da in Smyrna zufällig keine Cholera war, brauchten wir uns nicht mit dem Anblick der Akropolis auf dem die Stadt überragenden Berg Pagos, an dessen Abhang bildschöne Zypressen stehen, aus keimfreier Ferne zu begnügen, sondern unser ansässiger Agent heißte ein einladendes Flaggensignal, und wir konnten bald in unmittelbarer Nähe der neuzeitigen Häusermassen Smyrnas vor Anker gehen.

Ich wurde durch nichts daran erinnert, daß hier Homer vor einiger Zeit das Licht der Welt erblickt haben soll. Unmittelbar an das Wasser grenzt die neuzeitige Hauptverkehrsstraße Smyrnas, die köstliche Prokymaea; sie hat so wenig Freibord, und sie ist so belebt, daß man unwillkürlich glaubt, aus dem Alsterdampfer am Jungfernstieg auszusteigen. Natürlich sind die Häuser hier viel niedriger und überhaupt ist's immer noch mitten im Orient. Aber es ist verwandter Geist in der Stimmung.

Viel Freude machte mir die Pferdebahn, die auf dieser vier Kilometer langen Uferstraße verkehrt. Die immer einzeln fahrenden Wagen wirken riesig und massig im Vergleich zu dem winzigen Pferdchen, das man vorgespannt hat. Und doch sind die kleinen Dinger ihrer Aufgabe gewachsen. Sie zerren und ziehen, unermüdlich springend und immer wieder ausrutschend, solange in ihren Sielen, bis sie doch den Wagen meisternd in Bewegung bringen. Dann geht's am liebsten in vollem Galopp über die Strecke, und sie warten nach einem Haltesignal nicht auf das für sie mühelose Bremsen, sondern sie stemmen sich gegen den Wagen und gleiten meterweit über die glattrunden Pflastersteine, bis der Wagen hält. Ich habe selten wieder derart übermütige Lebensbejahung und Arbeitsfreudigkeit erlebt.

Kleinasiatischer Schuster

Blick von der Akropolis auf Smyrna

Sonst ist Smyrna selbst eine recht verkommene Stadt, zum Teil schlimmer als Kairo, und bietet nichts als die gegen Abend vor ihren Haustüren sitzenden, schönen Frauen, und Mädchen. Der Teppichhandel gefiel mir hier nicht; da muß man schon mehr landeinwärts gehen, um die verführerischen Dinger am Herstellungsort zu kaufen. Auch das orientalische Treiben kommt hier nicht mehr in reiner Form zur Geltung. Man wird allmählich verwöhnt, ohne deshalb gleich Kenner zu sein. Und mit zunehmender Reisedauer nehmen die Geldmittel erschrecklich ab.

Und doch! Ich will nicht ungerecht sein, der Karawanenverkehr übertraf hier weit meine bisherigen Erlebnisse; ich folgte den Karawanen bis weit hinter die von Zypressen umgebene Karawanenbrücke am Meles, an dessen Quelle Homer einst dichtend gesessen haben soll, ließ mich am Wegesrande nieder und schaute den ungezählten Karawanen zu, die hier in richtiger Marschordnung an mir vorbeizogen. Diese Marschordnung wird strengstens durchgeführt und ist eine links geordnete Kiellinie mit vorangesetztem Führerschiff. Für Nicht-Mariners: Vorne weg der Eigner oder Führer auf einem so niedrigen Pferdchen oder so was, daß er bei der geringsten Krängung mit den Füßen an Deck kommt; dahinter das jüngste und unsicherste Höckertier, dessen schwerbepackte Leidensgefährten bis an das Ende der Karawane ständig an Größe, Alter und Zuverlässigkeit zunehmen. Das letzte Tier der oft über fünfzigfüßigen Karawanen ist das Oberkamel, das in gewohnter Bravheit am Hals ein Glöcklein trägt, um durch dessen unermüdlichen Klang im Takte des schaukelnden, seemännischen Ganges dem Führer das vollständige Vorhandensein seiner Karawanentiere mitzuteilen, ohne daß dieser sich hierzu mühsam umzuschauen braucht; denn alle Tiere sind hintereinander durch Halfterbänder vom Schwanz des Vordermannes bis zur Nase des Hintermannes miteinander verbunden. Kameltreiber sind selten bei den Karawanen.

Von weit, weit her aus dem Innersten Asiens laufen hier die Handelswege zusammen; und es hat einen ungeheuren Reiz, diesem vom reinsten asiatischen Geist gewürzten Karawanentreiben zuzusehen. Man erlebt Handel und Wandel zwischen zwei Erdteilen, wie er in ursprünglichster Form zum Teil noch heutigen Anforderungen gerecht wird. Auch die viel zu spät angelegte Bagdadbahn, wird nach ihrer Fertigstellung diese der Landschaft und den Witterungsverhältnissen prächtig angepaßte „Karawanenschiffahrt" nicht verdrängen können. Damals war die Bagdadbahn noch nicht weit voran, und ich sah viele Karawanen, deren Tragtiere mit schwersten Doppel-T-Trägern zum Bahnbau bepackt waren. Eine Berührung alter und neuer Vorstellungen, über deren Eigenart ich ohne Berechtigung überrascht war. So ging's mir auch, als ich beim Lagerplatz der Karawanen am Ufer des Meles entdeckte, daß die aus dem Innersten Asiens kommenden Kamele zum Teil mit Schmirgel beladen waren, da ich mit dem Begriff Schmirgel bisher nur neuzeitige Vorstellungen von europäischer Industrie und Technik verbunden hatte.

Ich kehrte über die uralten Aquädukte zu der Karawanenbrücke zurück und erlebte dort innerste Freude an der würdigen Schönheit und ernsten Größe der mohammedanischen Totenhaine.

Welch' ein bedauerlicher Kitsch sind dagegen unsere durchschnittlichen Friedhöfe.

Dort eine der Landschaft vollkommen angepaßte, bewachsene, niedrige Mauer aus wenig behauenen Natursteinen; bei uns als Einfriedigung hohe Eisengitter, aneinandergefügte, unverputzte Rückwände von gemauerten Familiendenkmälern oder allenfalls Backsteinmauern und nur selten prächtige Hecken.

Dort eine einheitliche, schlichte Art der Gräber: weiße Steinplatten bilden eine Art Truhe mit hohen, schmalen Seitenlehnen, deren Einzelausführung in Schrift und Umrißform feinfühligem Kunstempfinden verschiedenste Wege offen läßt. Bei uns ein Kunterbunt verschiedenster Grabdenkmäler, oft kunstlosester Formen aus Stein, Beton, Gußeisen oder Bronze; ruhelos irrt unser Auge dazwischen umher.

Dort wächst die Natur zwischen den einzelnen Gräbern unbegrenzt einheitlich weiter und hebt neidlos die gemeinsame, schlichte Schönheit der Gräber. Bei uns denkt jeder nur an sich selbst und grenzt sein Grab mißtrauisch, oft sogar mit einem

Smyrna. Karawanen am Meles-Fluß.
Rechts Zypressenhain eines mohammedanischen Friedhofes

Smyrna. Byzantinische Aquädukte

Karawane in „Kiellinie"

Athen. Blick vom Gefängnis des Sokrates auf Areopag
Lykabettos, Akropolis und Hymettos

Goldbronze=Gitter, vom Nachbarn ab; jeder entwickelt eine eigene Gartenbaukunst, so daß von vornherein auf einen ruhigen, abgestimmten Gesamteindruck verzichtet wird; und wie ein Schlag ins Gesicht prangen dazwischen Emailleschilder, Porzellanbilder und angeblich, leider ewig dauernde Draht= und Glasperlengebilde.

Dort in feierlichem Ernst hochstrebende, dichtstehende, dunkelgrüne Zypressen, die alle Gräber beschatten. Bei uns schattenlose, gedrängte Massenanordnung der Gräber in ausgepeilten Reihen; nur begüterte Menschen können im Schatten breit gebettet ruhen.

Gewiß, es gibt auch bei uns einige erfreuliche Ruhestätten für unsere Toten, aber mit dem Durchschnitt steht es außerordentlich traurig. So beneidete ich die Türken um ihre unvergleichlichen Totenhaine, statt mich nur daran zu freuen.

Als ich endlich, den Weg über die Akropolis auf dem Berg Pagos wählend, an Bord zurückkam, mußte ich zu meinem Kummer erfahren, daß wir am nächsten Morgen schon wieder in See wollten, so daß ich auf weitere Fahrten in die Umgebung Smyrnas, an deren schönsten Stellen natürlich Engländer wohnen, verzichten mußte. Wie gerne wäre ich auch gen Ephesus gezogen.

So sah ich dem Treiben an Bord zu. Unser Agent niederländischer Abstammung hatte für uns viele Leichter voller kleiner, weißer Kistchen längsseit gebracht, die wir sehr schnell übernehmen konnten, um sie nach Hamburg mitzunehmen. Da die Uebernahme mittels großmaschiger Netze zu Dutzenden erfolgte, löste sich unten im Laderaum von mancher Kiste der Deckel oder Boden, so daß außer den Leuten, die die Kisten aus dem Netz nahmen, um sie sauber vierkant im Laderaum zu verstauen, noch ein besonderer Mann abgeteilt war, der mit einem zierlichen Stahlgußhammer bewaffnet dafür sorgte, daß alle Kisten wieder zünftig zusammengenagelt und verschlossen wurden. Hierbei entdeckte ich, daß in den Kisten köstlichste Rosinen waren, würdig in den besten Friedenskuchen gebacken zu werden. Ich bestieg alsbald als Sachverständiger den Laderaum, und ich habe festgestellt, daß die Rosinen wirklich ausgezeichnet waren; ich hörte von erfahrener Seite, daß bei jeder Art von Ladung ein gewisser Mindestprozentsatz an Ladungsverlust durch Bruch, Ausladen, Verderben usw. erreicht wird.

Am nächsten Morgen stand ich in aller Herrgottsfrühe auf, um dabei zu sein, wenn es Anker auf ging.

Da ich in der ganzen Zeit immer ohne Weste und mit offener Jacke gegangen wir, um nicht zu zerfließen, war ich überrascht, als mir durch den Niedergang eiskalte Morgenluft entgegenströmte; und ich erstaunte vollends, als ich an Deck auf dem Holzbelag richtiggehendes Glatteis feststellte. Fröstelnd gingen wir in See, um dort wieder bald aus lachend blauem Himmel von glutheißer Sonne beschienen zu werden. Das ist so recht was, um sich zu erkälten. Mich haben aber diese Erkältungen gerade so verschont, wie die Moskitos und ihre Malaria, unter der unser 2. Maschinist entsetzlich litt.

Klassischer Geist

Wir hatten Kurs Piräus—Athen!
Und so durchlief meinen Körper ein freudiges Zittern ob der nahen Fülle klassischen Geistes, der greifbar in mich hineinströmen sollte, als wir durch den Doro-Kanal an Euböa und dem Poseidontempel am Kap Kolonnäs vorbei in den Golf von Aegina liefen, und als wir im Anblick der Insel und des Schlachtfeldes von Salamis den Piräus erreichten, im Hintergrunde Athen mit seinen Bergen. Wie beeilte ich mich, um möglichst bald landfein von Bord zu kommen.

Ich stürzte daher nach dem Ankern sofort in meine Kammer herunter, um mich umzuhosen.

Trotz der Eile war mir ein bunt gewändertes, weibliches Wesen nicht entgangen, das den neben uns liegenden Handelsdampfer mit bordgewohnten Schritten verließ, um in ein am Fallreep wartendes Boot zu steigen, in dem die Fee stehend eine große, goldglänzende Harfe neben sich aufrichtete. Als sie butterweich in die goldenen Saiten griff und hierzu mit winziger Stimme

„Santa Lucia..."

wimmerte, und als ihr knabenhafter Ruderknecht ihr Boot mit Kurs auf unser Schiff in Bewegung setzte, konnte dieses nur dazu beitragen, daß ich um so beschleunigter unter Deck in meine Kammer eilte, um meine erwartungsvolle Seele nicht zertrampeln zu lassen. Sogar mein Oberlicht machte ich dicht. Ich war mitten im Umziehen, als ich durch das geschlossene Oberlicht die heisere Stimme eines weiblichen Wesens hörte, jeder Art von Ladung ein gewisser Mindestprozentsatz an Ladungsverlust durch Bruch, Ausladen, Verderben usw. erreicht wird.

Am nächsten Morgen stand ich in aller Herrgottsfrühe auf, um dabei zu sein, wenn es Anker auf ging.

Da ich in der ganzen Zeit immer ohne Weste und mit offener Jacke gegangen wir, um nicht zu zerfließen, war ich überrascht, als mir durch den Niedergang eiskalte Morgenluft entgegenströmte; und ich erstaunte vollends, als ich an Deck auf dem Holzbelag richtiggehendes Glatteis feststellte. Fröstelnd gingen wir in See, um dort wieder bald aus lachend blauem Himmel von glutheißer Sonne beschienen zu werden. Das ist so recht was, um sich zu erkälten. Mich haben aber diese Erkältungen gerade so verschont, wie die Moskitos und ihre Malaria, unter der unser 2. Maschinist entsetzlich litt.

besäße, den er sich dann sofort ziehen lassen müsse. Und dafür war dieser Wunderarzt natürlich der gegebene Mann.

„Ich möchte einmal den Zahn sehen, den ich nicht herausziehen kann!"
so ungefähr brüllte er von seiner Mietsdroschke in die Menge.

„Natürlich schmerzt es ein wenig, aber — hier ist eine Flasche!"

Die rötliche Himbeersaftfarbe ihres Inhaltes hob sich in der plötzlich hocherhobenen Hand scharf ab von dem klassischen Blau des Athener Himmels.

„Und ihr wundersamer Inhalt tropfenweise, halbstündlich nach dem Zahnziehen genommen, beseitigt jeden Schmerz."

„Untersuchung der Zähne, Zahnziehen, Schmerzwasser kostet?"

Längere Kunstpause.

Dann mit einem lauten Händeklatsch:

„Eine Drachme!" (Das sind keine achtzig Pfennige.)

War's ein Wunder, daß die Leute sich danach drängten, in der Mietsdroschke Platz zu nehmen, um sich als Schaustück, das der Arzt geschickt ausnutzte, vor aller Welt irgend einen Zahn ziehen zu lassen, und um danach, die Flasche mit dem Wundersaft fest umklammernd, bedripst wieder in der Menge unterzutauchen?

„Djunge, Djunge, wat'n Niewo!"
dachte ich, und zog enttäuscht weiter auf attischem Boden.

Aber nur um alsbald einen weiteren Knuff zu bekommen. Vor einem nahe gelegenen Gebäude, das nur wenig an eine Kirche erinnerte, kam ich wiederum zwischen eine größere Menschenansammlung. Hier war der Grund zum „look see"= Machen, wie der Seemann das „Gaffen" nennt, eine mit guter Uniform bekleidete Leiche, die in offenem Sarg langsam aus dem Haus auf sechs Schultern herausgetragen wurde. Jeder der Umstehenden bemühte sich, der Leiche in's Gesicht zu glotzen und war nun zufrieden, da er zu Hause erzählen konnte, was er alles gesehen hatte. Ich dachte an den altrömischen Volksschrei:

„Brot und Vergnügen!"

Früher Gladiatorenkämpfe, heute Kientopp!

Und Brot?!

Wir bleiben doch immer nur Menschen.

Mich jagte dieses Erlebnis derart, daß ich mich zwingen mußte, um wieder in den wünschenswerten, beschaulichen Schlenderschritt zu kommen, als der Weg zum Athener Lokal-Bahnhof mich durch Verkaufsstraßen führte, die mich an orientalische Basare erinnerten. In vielen Dingen. So erstand ich mir dort in Mengen jene türkischen, vierkant beschnittenen Bonbons aus plastischer Masse, die in Staubzucker lagern und von Königsbergern und auch Westpreußen gern „Gummiklops" genannt werden. Ich forderte diese köstlichen Dinger immer mit einem Wort, dessen Aussprache wohl mit „Lukuhm" wiedergegeben werden kann. Ich ergatterte dort auch meinen Größenverhältnissen entsprechende Mengen meines türkischen Lieblingsgebäcks, an das ich mich im Laufe der Reise auch in Massen gewöhnt hatte: fettriefender, übersüßer, zerblätterter oder zerfaserter Teig. Ich hatte die Worte „Baklaba" und „Kadaïf" (so klangen die Worte; wie sie geschrieben werden, weiß ich nicht) aufgeschnappt, die mir dazu verhalfen, meine Kuchengelüste immer in der beabsichtigten Richtung zu befriedigen.

So wähnte ich mich fast wieder auf türkischem Boden, wenn ich auch die „Limonaden-Auguste" vermißte, die überall im Orient das Straßenbild dadurch kräftig beleben, daß sie unermüdlich laut gröhlend kühle, stark gesüßte Limonaden anpreisen, die sie in behaarten, tierischen Häuten mit blank geputztem Messingschmuck auf ihre Brust geschnallt haben.

Ich begriff erst wieder, daß ich in Griechenland sei, als ich von meinem Wechsler für ein gutes Goldstück mehr als zwanzig Papierscheine in Form von Abreißblöcken erhielt (Drachmenscheine; wer von uns hätte im Frieden nicht Markscheine lächelnd zurückgeschoben), und als ich in eine — sagen wir mal, Fleischergasse geriet, deren Mief und Dreck alle meine bisherigen orientalischen Erlebnisse übertraf. Tote und lebendige Tiere wurden auf der Straße, über einer rinnenförmigen Senkung im Kopfsteinpflaster hängend, geschlachtet, ausgenommen und zerlegt. Millionen von Fliegen aller Art und viele herrenlose Straßenköter mit feigster und knechtischer

Athen. Blick vom Parthenon der Akropolis auf Strephon (links), Lykabettos (Mitte) und Hymettos (rechts)

Athen. Akademie der Wissenschaften.
Hinten rechts der Lykabettos

Athen. Dreizehn Säulen des Olympieion.
Hinten links der Lykabettos

Seele, wie sie überall im Orient in Städten die Straßen beleben, hatten ihre Freude an dem ekelhaften Gestank, den die heißen Sonnenstrahlen ungehindert erzeugten, und an allem für sie Eßbaren, was ihnen mit nur seltenen Störungen zugänglich war.

Aber nicht nur Hunde und Fliegen kamen hier zu ihrem Recht; auch halbwüchsige Bengel ergötzten sich an den Eingeweiden, die mit größter Selbstverständlichkeit quer in die Gegend an Deck flogen. So wurde ich zum Glück noch rechtzeitig auf einen jungen Kerl aufmerksam, der mit hell feixender Lache neben einem frisch geschlachteten Wildschwein stand und mit seinem rechten, nackten Fuß auf die eben an Deck geworfene, stramm gefüllte Harnblase trat, so daß deren Urin in hohem Bogen in die Gegend spritzte. Ein vor mir gehender Armenier parierte den Strahl mit seinem langen Gewand unter freudigem und lautem Grinsen über den „ausgezeichneten Scherz", so daß ich schleunigst stoppen und ausweichen konnte.

Ich muß sagen, daß ich nach all' diesen höchst eigenartigen Erlebnissen auf dem klassischen attischen Boden, dessen Besingung ich während neun langer Schuljahre hatte lauschen müssen, ziemlich gebrochen war, als ich in die elektrische Schnellbahn nach Athen einstieg. Wenigstens war ich so zerstört, daß der erste Anblick der Akropolis, den ich auf der nun folgenden Fahrt nach Athen hatte, mich mehr abschreckte als freudig ergriff.

War nur der Schulunterricht daran schuld, daß ich es kaum begreifen konnte, daß ich mitten im Zentrum von Athen sei, als ich der elektrischen Schnellbahn am Omonia-Platz entstieg? Neuzeitigste Verkehrsmittel mitten in Athen? Warum überraschte mich das damals noch? Man sollte wenigstens uns Jungens lebenswirklicher erziehen und auch unterrichten lassen.

Und dennoch kamen Tage mit köstlichen Stunden großen Erlebens in Athen. Man lernt doch schließlich das Reisen und Sehen. Aber sowas soll man nicht beschreiben, das muß jeder mit sich selbst abmachen. Ich möchte nur jeden davor warnen, zu versuchen, die Akropolis von außen zu besehen und zu erwarten, daß sich ihm dabei eine klassische Welt eröffnet. Ich habe den Geist der Akropolis nur nach langen, unvergeßlichen Stunden erleben und erfassen können, die ich, besonders bei Mondschein, zwischen ihren Säulen stumm verbrachte.

Der Areopag im Westen belebt sich, vor Salamis tobt die Schlacht, und im Osten werden die Augen träumend gefesselt durch die schwarzen Umrisse des langen Hymettos und des hohen Lykabettos.

In den Lykabettos habe ich mich übrigens richtig verguckt. Das ist ein recht vergnügter Kerl, dieser Berg des heiligen Georgs, dessen prächtig bewachsener Gipfel eigentlich von allen Straßen Athens aus zu sehen ist, da er fast doppelt so hoch wie die Akropolis ist. Ich habe in Athen keinen Film belichtet, ohne den Lykabettos daran teilnehmen zu lassen. Wie oft sind meine Gedanken und Blicke von seinem Gipfel über die Akropolis nach Salamis und ringsum gewandert.

Ich unterließ alle kunstgeschichtlichen Studien, schloß die Augen vor allen restaurierten (ausgebesserten) Baudenkmälern, ging jeder Fremdenindustrie aus dem Wege, vermied möglichst Massenabfütterungen kunstbegieriger Augen und erstarkte an freudig durchlebten Stunden selbstgefundenen, alten Griechen-Geistes.

Mit ziemlich erleichterter Brieftasche, aber beschwert mit einem Stück Akropolis-Marmor, das ich mir nicht gestohlen hatte, um es in eine Sammlung einzureihen, sondern weil es strengstens verboten war, und vollgestopft von gerösteten Erbsen, die ich mir für 80 Lepta vor dem Königlichen Schloß gekauft hatte, verschwand ich aus Athen, und erschien ich im Piräus wieder an Bord.

Es war mir vollkommen gleichgültig, daß unser Schiff sich hier inzwischen erheblich weiter vollgesackt hatte.

Kurs Heimat

Wir gingen nicht den üblichen Weg durch den Kanal und Golf von Korinth, sondern fuhren um die Spitzen der peleponnesischen Finger nach Kalamata, um als letzte Fracht, die wir noch tragen konnten, einige Körbe Tomaten an Oberdeck und eine stattliche Anzahl Fässer voll des süßen griechischen Weines im Zwischendeck zu verstauen.

Ein gefährliches Zeugs, dieser Griechenwein! Besonders da die dortige Landessitte es will, daß einem bei Tisch die Gläser immer sofort nachgefüllt werden, wenn man auch nur vorsichtig und maßvoll daran genippt hat. Man weiß also nie, wieviel man getrunken hat, und am nächsten Morgen erwacht man mit einem scheußlichen „Oelkopp".

Ich war deshalb ganz froh, daß unsere Wein=Ladung in versiegelten Fässern im Zwischendeck unzugänglich unter= gebracht wurde. Ich erfuhr aber bald, daß es nicht nur am Lande, sondern auch an Bord gerissene Leute gibt, die es verstehen, ihre Alkohol=Leidenschaft mittels feiner Bohrer, ent= sprechender Holzpfropfen und Wasser=Nachfüllung auch aus versiegelten Fässern restlos zu stillen, ohne daß es der eigent= liche Besitzer früher oder später feststellen kann. Außerdem soll es vorkommen, daß Weinfässer im Seegang leckspringen und zum Teil auslaufen.

Die Wein=Ladung war in einem Vormittag übergenommen. Wir waren nun voll beladen und erhielten von Hamburg die Anweisung, wieder heimwärts zu fahren, ohne noch weitere Zwischenhäfen anzulaufen. Unser Kohlenvorrat war in

Smyrna und im Piräus schon soweit aufgefüllt worden, daß er mit Sicherheit bis Hamburg reichte.

Alles seefest zurren.

Anker auf.

Kurs Heimat.

„Holdrio! jetzt geht's zur Heimat!" singen die Mariners; „Holdrio! bald sind wir da!"

Fünfzehn Tage mußte der vor uns liegende Seetörn dauern. Wir konnten also gerade zum Weihnachtsabend heimkehren. Bei der letzten griechischen Landpeilung wurde das inzwischen ausgebrachte Patentlogg abgelesen, und der Seetörn begann mit Kurs Westen durch die Mittland-See.

Welch' köstliche Zeit lag hinter mir, und welch' prächtige Seefahrt stand mir noch als Abschluß bevor!

Es gibt doch eine Gerechtigkeit!

Bei uns an Bord wurden die Uhren, wenn wir in Fahrt waren, täglich mittags nach der Ortszeit auf 12 Uhr gestellt. Auf der Brücke wurde die Sonne im Meridiandurchgang geschossen (die Sonne steht dann am höchsten, so daß man schon von der nächsten Sekunde ab die Feinstellschraube am Nonius des Sextanten „andern Weg" drehen muß, wenn man die beiden Sonnenbilder dauernd auf Deckung behalten will), dann wurde nach der Maschine durch das lange Sprachrohr heruntergerufen:

„12 Uhr!"

und das hieß für mich immer Wachwechsel, da ich die Wache von 8 bis 12 Uhr hatte. Dieser für Unbefahrene zunächst überraschende Vorgang der veränderlichen Uhrzeit war für mich auf der Einfahrt in die Mittland-See außerordentlich günstig gewesen, da wir Osten-Kurs hatten und das Mittagssignal infolgedessen oft schon um 20 Minuten vor 12 Uhr nach der Ortszeit des vorigen Tages ertönte, so daß wir 20 Minuten früher abgelöst wurden. Das glich sich nun auf der Ausfahrt mit Westen-Kurs wieder in beruhigender Gerechtigkeit aus. Da dauerten die Wachen oft 4 Stunden 20 Minuten und noch mehr.

Das Wetter blieb auf der ganzen Fahrt bis zum Aermel=
kanal gleichmäßig gut. Mit sinkendem Orion und steigendem
Polarstern wurde es auf dem nördlichen Kurs hinter Kap
Vinzent allmählich kälter. Zu Haus saß sicher schon alles
am warmen Ofen. Und ich war durch den Aufenthalt im warmen
Orient ein richtiger „Frostkötel" geworden.

Die lange Dünung, die wieder in der Biscaya stand,
ärgerte mich diesmal.

Unsere Ladespille waren von dem emsigen Lösch= und
Ladebetrieb während unserer Reise tüchtig ausgeleiert, und da
wir keine Deckslast hatten, so daß die Spille zugänglich waren,
erhielt ich den ehrenden Auftrag, die Lager der Spille nachzu=
passen. Ich nahm das erste Lager also auf und packte die
einzelnen Teile an Deck, um mittels Schaber und durch dünnere
Beilagen das Lager wieder in Schwung zu bringen. Als
ich das Lager wieder zusammenbauen wollte, fehlten mir zwei
Muttern. Es dauerte recht lange, bis ich Dussel dahinterkam,
daß die Biester in den Rinnstein gerutscht sein könnten, da
die Biscaya=Dünung uns mächtig hin und her warf. Na=
türlich lagen sie da, und beim zweiten Lager war ich schon
gewitzter.

Ich litt überhaupt an maschinenbaulicher Tätigkeit.

So fing eines Tages hoch oben am Schornstein die Dampf=
leitung zur Dampfsirene an zu fauchen. Zum Glück saß sie
an der Vorkante des Schornsteins, so daß ich nicht durch
die Schornsteinhitze belästigt wurde. Aber es war trotzdem
kein Vergnügen, mitten in der Biscaya=Dünung hoch oben
am Schornstein zu sitzen und einen Flansch neu zu verpacken.

Auch unsere Hauptmaschine, die alte, brave Kolben=
maschine, fing plötzlich an zu mucken. Das Drucklager, in
dessen Ringen die treibende Schubkraft der Schiffsschraube
den Schiffskörper anpackt, lief auf meiner Wache warm. War
es ein Wunder, da wir unerhörter Weise an einem Freitag
in See gegangen waren? Es war ein richtiger „Branden=
burger". Das literweise in die Schmierung gegossene Oel rauchte
und stank, so daß wir schleunigst alle Türen nach oben schlossen,
damit „Der Erste" nichts merkte. Und er kam nachher doch!
Da war aber das Schlimmste schon vorbei. Wir entlasteten

durch Stellen der Muttern zunächst alle Druckringe, kühlten tüchtig mit Oel und Seewasser, die sich zu Schaum verseiften, und ließen durch Stellen der Muttern alle Ringe ganz allmählich und ganz gleichmäßig wieder zum Tragen kommen. Um uns nicht zu verraten, durften wir die Maschine natürlich nicht stoppen. Und so sind wir tatsächlich über eine Stunde ohne wirkende Drucklager gefahren, so daß die Schubkraft der Schiffsschraube während dieser Zeit biegend auf die Schubstangen usw. unserer Kolbenmaschine wirkte. Aber es ging alles gut, und auch „dem Ersten" verrieten wir nicht, wie schlimm es gewesen war.

Inzwischen sollte nach Ansicht der Brücke die die Ozeanfahrt begrenzende Insel Ouessant — die Seeleute sagen „Oschang" — unweit Brest als erstes Land wieder in Sicht kommen, und die Sextanten schossen um die zwölfte Stunde eifrig die Sonne beim Meridiandurchgang. Damit hatten wir die geographische Breite, und als wir uns sorgfältig anschickten, auch die geographische Länge zu bestimmen, brüllte unser ungeduldig fragender, seebefahrener Käp'n:

„Och, wat! Schiet op de Längde!"

Gewiß, sie ist bei derart nördlichem Kurs von geringerer Bedeutung als die Breite, und wir kamen auch prächtig mitten in den Aermel-Kanal hinein.

Weihnachts-Nebel

In der kommenden Nacht fegten die weißen Lichtarme der Insel Wight unermüdlich den Horizont ab. Als wir querab waren, erblaßten die fleißig scheinenden Sterne ob des grellen Scheines, den menschliche Kunst geschaffen.

Am Morgen erwachte ich unbeabsichtigt früh infolge „unerhörten" Tutens unserer Dampfpfeife in unangenehm regelmäßiger Wiederkehr.

Nebel im Kanal!

Ich eilte auf die Brücke und erfuhr, daß wir mitten in der Straße von Dover waren. Links und rechts, voraus und achteraus das gleiche Getute in angstvoller Vorsicht, dort dröhnend oder brummend, hier ächzend oder schreiend.

Und doch hatten sie alle keine Zeit.

Zeit ist Geld!

Schneller und größer als sonst bei klarem Wetter erscheinen und verschwinden heute wie Gespenster-Schatten die Umrisse von Dampfern und Seglern.

Würde ein Zusammenstoß ein Wunder sein?

Ich muß ehrlich gestehen, daß ich nicht ganz ohne Angst auf meine Morgenwache in den Maschinen- und Kesselraum hinabstieg.

Ich ließ mir erzählen, daß es nicht selten vorkommt, daß die Dampfer der Bestimmung der Seestraßenordnung, im Nebel mit der Fahrt herunterzugehen, nur auf dem Papier nachkommen. Der Maschinentelegraph wird von der Brücke auf „Langsame Fahrt" gelegt, in der Maschine wird der Antwortzeiger auf Deckung gebracht, und das Maschinenkommando wird mit genauer Uhrzeit in das Maschinentagebuch eingetragen. Hierdurch wird aber die Kolbenmaschine in keiner Weise daran gehindert, mit ihrer bisherigen Drehzahl weiter zu laufen. Angstvolle Gemüter legen den Maschinentelegraph auch wohl auf „Achtung" und tun im übrigen dasselbe, so daß sie also ihr Gewissen in gleicher Art belasten.

Kein Zeit! Kein Zeit!

Ich machte mir auch ernstliche Sorgen darüber, ob wir den heimatlichen Hamburger Hafen noch rechtzeitig am Weihnachtsabend erreichen würden. Unsere Angehörigen und auch wir selbst rechneten bestimmt damit.

Zunächst hatten wir Glück.

Trotzdem der Nebel nur selten wich, erreichten wir, unterstützt durch geschicktes Anloten der 20 m-Tiefenlinie nördlich der Hoofden, am 24. Dezember in aller Frühe C u x h a v e n. Wir konnten Hamburg also sicher am Nachmittag erreichen.

Unsere Weiterreise verzögerte sich etwas, da nach fünfzehntägigem Seetörn in C u x h a v e n die Post ausgetauscht werden mußte, und — weil eine hohe ärztliche „Kommission" an Bord erschien, die festzustellen hatte, ob wir im Auslande durch Leichtsinn, Schuld, Unglück oder sonst was körperlichen Schaden erlitten hätten.

Die gesamte Besatzung einschließlich Offiziere und Maschinisten mußten achtern im Aufbau durch einen schmalen Gang einzeln an dem Arzt vorbeiziehen. Während bei den Offizieren und den Maschinisten eine von wissendem Blick begleitete, verständnisvolle Verneinung genügte, mußte die übrige Besatzung ihre Unberührtheit durch eine örtliche, körperliche Besichtigung nachweisen.

Auch das ging vorüber, und endlich kam der Lotse an Bord, der uns nach dem Weihnachtsbaum, der in Hamburg auf uns wartete, bringen sollte. Er brummte verärgert vor sich hin, statt unser'm Käp'n mit einem ebenso freundlichen Gruß zu antworten.

Paßte ihm das nicht in seinen Kram, uns zum Weihnachtsabend elbaufwärts nach Hamburg zu bringen, während sein Weihnachtsbaum dadurch vergeblich auf ihn warten mußte?

Aber darum konnte er uns doch unsere freudige Erwartung erfüllen.

Auf der Elbe lag leichter Nebel.

Die Maschinen liefen mehr Umdrehungen denn je auf der ganzen Fahrt; die Heizer entfachten unter den Kesseln unaufgefordert hochgeschaufelte Feuer weißer Glut; wir waren alle nur von dem einen Gedanken beseelt: heute Abend müssen wir unbedingt in Hamburg „am Lande gehen", St. Pauli Reeperbahn, St. Georg Steindamm, Jungfernstieg, Eilbeck, Uhlenhorst, Harvestehude oder sonstwo, jeder „in seinen Stand", um entsprechend Weihnachten zu feiern. Selbst ich war trotz der Landnähe diensteifrig auf meinen Posten in die Maschine geeilt, einmal, um mir einen guten Abgang zu sichern, und zum andern, um nötigenfalls heimlich mit einzugreifen, falls es mir nicht schnell genug vorwärts ging.

Es war noch immer leichter Nebel auf der Elbe und die winterliche Sonne schien zu kraftlos, um ihn vertreiben zu können.

Unsere Maschine fauchte aus Ventilen und Stopfbüchsen; und wie ein Pferd, das seinen Stall kennt, in dem es Ruhe und Futter erhält, witterte sie den Heimatshafen; ihr schnell kurbelnder Gang erzeugte freudige, sich jagende Töne, die dem seebefahrenen Kenner klingen wie:

„Hambug, Hambug, Hambug...."

Das tun alle Hamburger Dampfer-Maschinen beim Kurs Hamburg, selbst auf den kleinen Fischdampfern, deren Maschinen im Bewußtsein des schweren Erwerbslebens ihrer Besatzung auf der Ausfahrt langsam schleppend:

„Jiiis—land — — Jiiis—land — — Jiiis—land —" vor sich hin stöhnen.

Viele Fischdampfer sind zwischen Hamburg und Island mit Mann und Maus untergegangen.

Ich war nun froh, unserer Maschine schnellfreudige Heimatstöne ablauschen zu können, und während ich zum soundsovielsten Male voller Unruhe im Heimatsdrang die Drehzahl unserer Maschine ermittelte, knirscht, kratzt und schrammt es plötzlich unter dem Flurboden.

Das Schiff krängt.

Der Maschinen-Telegraph springt wie wild.

„Stopp"

„Aeußerste Kraft zurück"

Und bald erfahren wir durch das Sprachrohr von der Brücke, daß wir vierkant auf den Krautsand der Elbe gelaufen sind.

Verfl... Schw...!

Und Weihnachten?!

So'ne Gemeinheit!

Der Herr Lotse brummt was von Nebel in seinen Bart, wir hätten längst ankern müssen, usw.

Aber noch ist Polen nicht verloren.

Wir benutzen unser schiffbauliches Wissen zu der Erkenntnis, daß unser Tiefgang sich bei etwa 10° Krängung schon merklich verringert. Nachdem alles Rückwärtslaufen der Maschine selbst mit „Aeußerster Kraft" erfolglos bleibt, entschließen wir uns daher dazu, unser Schiff zunächst einmal durch Fluten weiter zu krängen, und dann die Maschine von neuem rückwärts laufen zu lassen.

Und das Unternehmen glückte, wir kamen wieder flott.

Doch sollte unsere Freude nur von kurzer Dauer sein.

Als hätte ihn uns der leibhaftige Teufel an Bord gesetzt, erklärte der Lotse nach diesem überraschend schnellen Loskommen, es sei ihm zuviel Nebel, um die Fahrwasserbezeichnung ausmachen zu können.

Was blieb unser'm Käp'n und uns anderes übrig, als den Tegel und mit ihm die letzte Hoffnung auf den schon greifbar nahen, heimatlichen Weihnachtsbaum über Bord zu schmeißen. Mich packte fast verzweifelte Wut über diesen Zustand in Abhängigkeit von einem nicht vorhandenen, guten Willen.

Es war fast ein Trost, daß der Nebel am Nachmittage so dick wurde, daß wir wirklich nicht weiter fahren konnten.

Die Nebelposten zogen auf, und in ekelhaft regelmäßiger, schnellerer Wiederkehr durchdröhnte das Nebelsignal unserer

Schiffsglocke während des ganzen Abends und der kommenden Nacht unser sonst in tiefstes Schweigen gehülltes Schiff.

Denn an Weihnachtsstimmung war natürlich nicht zu denken.

Weihnachtspost hatten wir in Anbetracht der zu erwartenden rechtzeitigen Rückkehr nicht erhalten. Und an Bord waren aus demselben Grunde nicht die geringsten Vorbereitungen zum Fest getroffen; sie wären auch erfolglos gewesen, da wir nichts Geeignetes hierzu mehr an Bord hatten. Kein Mensch hatte mit der Möglichkeit einer Weihnachtsfeier an Bord gerechnet.

So konnte der Koch trotz mühevollen Zusammenkratzens aus Kisten, Säcken und Tonnen doch nur einen höchst kümmerlichen Puffer mit spärlichen Rosinen und sonstigen Resten auf den Abendbrot-Tisch setzen. Das war unser ganzes Weihnachten. Eine stark unlustige Ersatzform voller Verzichte!

So sprachen wir in der Messe kaum ein Wort und zogen uns bald in unsere Kammern zurück.

Eine „beus mise" Stimmung dieser Heiligabend!

Zwei Wassergläser mit den zugehörigen Flaschen Portwein und „Dreistern" gaben mir und dem 1. Maschinisten den nötigen Ballast und halfen uns so durch diese trübe Nacht hindurch, ohne daß ich von dem lauten Schlag unserer unermüdlichen Nebelglocke geweckt worden wäre.

Und dennoch war's ein Stück der gewollten Seefahrt, das mir als solches unvergeßlich bleibt, während es sonst von einer gütigen Vorsehung so eingerichtet ist, daß alles Häßliche sobald unserem Gedächtnis entschwindet.

Aus

Als ich am nächsten „Morgen" dennoch aufwachte und nach langem Bad von 42° Celsius und nach noch längerem, angesäuerten Frühstück an Deck schlich, um mich vom Steward landfein abbürsten zu lassen, fuhren wir schon am S ü l l b e r g mit seinem B l a n k e n e s e vorbei, auf dessen weißem Schnee heller Mittagssonnenschein lag.

Bald fanden die Augen die H a m b u r g e r Türme, unser'n neuen „M i c h e l", unser'n B i s m a r c k und schließlich den B a u m w a l l.

Als uns die kleinen Schlepper packten, wie Ameisen eine Raupe — fast noch geschickter —, stand ich längst mit Mantel, Hut und gepacktem Koffer an Deck, um am Kai als einer der Ersten an Land zu springen.

Zoll (!), grüner Dampfer, Straßenbahn, leises, unbemerktes Oeffnen der Haustür brachten mich am Abend überraschend in den schon verloren geglaubten, heimatlichen Weihnachts= glanz.

Wir holten alles nach!

Und schnell war auch bei den Lieben daheim all' der Aerger und Kummer des gestrigen Herumlauerns am Kai, des vergeblichen Fernsprechens und Drahtens mit dem Hauptkontor der Reederei vergessen.

Ich dachte an die Heimkehr des verlorenen Sohnes.

In den nächsten Tagen holte ich den Rest meiner Plün= nen von Bord und ging nach aufreibender Zollkontrolle auch auf das Seemannsamt, um meine „königliche" Heuer und nach der „Abmunsterung" auch mein Seefahrtsbuch zu empfangen.

Von meiner Heuer blieben nach Abzug von Krankenkassen-, Versicherungs- und sonstigen unschönen Gebühren nur noch einige Groschen übrig, die ich darauf großmütig in eine, wie üblich, neben der Zahlstelle angebrachte Wohltätigkeitskasse fallen ließ.

Und mein Seefahrtsbuch stolz und fest umklammernd wandte ich mich wieder dem landfesten, bürgerlichen Dasein zu.

Welch' köstliche Zeit ohne Sorgen und voller Erlebnisse lag hinter mir!

Hatte sie mir genützt?

Unendlich!

Wie anders guckte mich selbst H a m b u r g jetzt an, daß ich wähnte, so genau zu kennen.

Und so ging es mir eigentlich überall.

Die Seefahrt hatte mich einen wesentlichen Schritt vorwärts gebracht in meinem Entwicklungsgang, der mich lehren sollte, was mit der Menschheit los ist, und wie man sich ihrem Getriebe anpaßt, ohne selbst Schaden zu nehmen.

Kinners, fahrt alle mal zur See!

Ende

Wort-Verklarungen

Seite 9.

Schubs — abgeteilte, dicht gedrängte Menschenmenge.
Wollontör — Volontär.
Manchester — derbe, englische Stoffart.
Kaffeetank — kleiner, flaschenartiger Blechbehälter mit Henkel und ovalem Querschnitt zum Mitnehmen von Getränken zur Arbeitsstelle.
Briet — Straßenjunge.
Schirrmeister — Meister eines Handwerks.
Wo hetst Du denn — Wie heißt Du denn.
denn sot man mol an — dann saß man mal an.
zerrammt — durch einen Stoß beschädigt.
Wallschiene — oberhalb der Wasserlinie um das Schiff herumlaufende Schutzschiene aus Eisen.

Seite 10.

dat mit em wat besonderes in de Gang is — daß man mit ihm etwas besonderes vorhat.
Jo, de is gesund, de Jung — Ja, der Junge ist gesund.
Vierstrich-Peilung — bedeutet in diesem Falle, daß der Kopf um 45 Grad nach rechts und oben aus der Mittelstellung gedreht ist.
Vorpiek — vorderster Raum im Schiff.
Kettenlast — vorn im Schiff gelegener Raum zur Unterbringung der Ankerketten.
gerammt — durch einen Stoß beschädigt.
Schiet und Dreck — Schmutz in Hülle und Fülle.
Einen gehoben — einen tüchtigen Schluck getrunken.

Lütten vorut — kleinen Schnaps vor dem Bier.
Reißboden — großer Bodenraum, auf dessen Fußboden die Formen der zu erbauenden Schiffe in natürlicher Größe aufgezeichnet werden.
Klabautermann — ein Meergeist, der mit Vorliebe auf Segelschiffen spukt.
angemunstert — angemustert d. h. zu Dienstleistungen an Bord des Schiffes verpflichtet.
Seemannsschnack — Erzählungen nach Art von Seeleuten.
Hellingstellagen — Gerüste zum Bau von Schiffen.
Twist — Putzbaumwolle zum Reinigen von Maschinenteilen usw.
Kalfatkasten — Kasten zur Aufbewahrung des Arbeitsgeräts zum Dichten von aneinandergefügten Holzplanken des Schiffes.

Seite 11.

Röm — Kümmel, Schnaps.
benamsten — benannten.
kalfatern — dichten von aneinandergefügten Holzplanken des Schiffes.
leddige Buddel — leere Flasche.
abschnacken — durch Ueberredung zur Hergabe verleiten.
Willem, ick bünn ordentlich richtig 'n beten fein duun — Wilhelm, ich bin tadellos betrunken.
denn holl di man gesund — bleib' gesund.
Kaffeetank — kleiner, flaschenartiger Blechbehälter mit Henkel und ovalem Querschnitt zum Mitnehmen von Getränken zur Arbeitsstelle.
Proppen — Pfropfen, meistens aus Kork.
Twist — Putzbaumwolle zum Reinigen von Maschinenteilen usw.

Seite 12.

Ostelbien — der östlich der Elbe gelegene Teil Deutschlands.
Heuerbaas — Vermittler von Schiffspersonal.
angemunstert — angemustert d. h. zu Dienstleistungen an Bord des Schiffes verpflichtet.
Damper — Dampfer.

Seite 13.

Heuer — an Schiffspersonal gezahlter Lohn.
Einzelkammer — Wohn- und Schlafraum an Bord des Schiffes für eine einzelne Person.
Schlagseite — seitliche Schräglage des Schiffes.
Festmacher — Trossen, Leinen zum Festmachen des Schiffes am Kai usw.
Decklast — auf dem freien Oberdeck mitgenommenes Frachtgut.
Back — vorderer Oberteil des Schiffes.
Brücke — Kommando-Brücke für die Schiffsleitung.
gezurrt — festgebunden.
Stauwasser — Wasser mit Gezeiten in stromlosem Zustand beim Uebergang von Ebbe zu Flut bzw. von Flut zu Ebbe.
Steuerbord — die rechte Seite des Schiffes, von hinten betrachtet.
Backbord — die linke Seite des Schiffes, von hinten betrachtet.

Seite 14.

schlingern — das Schiff pendelt um eine Längsschiffsachse, die Bordwände tauchen abwechselnd ein und aus.
See — bedeutet hier Dünung, Welle, Seegang.
Hier steiht immer noch 'n ganz ansehnliche Swell, oat wenn keen anständigen Wind weiht — Hier ist immer noch ein ganz ansehnlicher Seegang, auch wenn es kaum mehr weht.
Dünung — glatter Seegang nach heftigeren Winden.
dwars — rechtwinklig.
Wachtörn — Wachturnus d. h. eine Wache, die regelmäßig bei Wiederkehr einer bestimmten Uhrzeit aufziehen muß.
landfein — so bekleidet, daß man sich an Land sehen lassen kann, also nicht bordmäßig angezogen.
angesteuerter Hafen — Hafen, den das Schiff erreichen will.
Oberlicht — verschließbare Beleuchtungs-Oeffnung in den oberen Decks.
Orion — südliches Sternbild.
einpennen — einschlafen.
Aufentern — nach oben klettern oder steigen.
Nulpen — wenig oder nichts tun.

Seite 15.

Brandenburger — heißgelaufene Maschinenteile.
Der Erste — der Erste Maschinist.
Donkeymann — tüchtigster Heizer, der im Hafen den Donkey-Kessel (Hilfskessel) bedient.
kohlen — Kohlen übernehmen, also an Bord schaffen.
Kohlen trimmen — Kohlen innerhalb des Schiffes transportieren, besonders vor die Kesselfeuer schaffen.
Reinschiff — gründliches Reinmachen an Bord, wöchentlich.
Sich-Waschen — Selbstreinigung, Körperreinigung.
never mind-Gast — abgebrühter, gleichgültiger Mensch.
Wurschtigkeitsathlet — abgebrühter, gleichgültiger Mensch.
Käp'n — Kapitän.
All right, Käp'n! Wart all'ns mokt! — Ist gut, Kapitän! Wird alles gemacht!
Drosseln — die Zudampfmenge zu einer mit Dampf angetriebenen Maschine verringern.
Durchtörnen — bedeutet von Maschinen eine zu hohe Umlaufzahl annehmen.
Wachtörn — Wachturnus d. h. eine Wache, die regelmäßig bei Wiederkehr einer bestimmten Uhrzeit aufziehen muß.
Mief — schlechte Luft.
abfühlen — Maschinen werden nach warmgelaufenen Stellen abgefühlt.
Kreuzkopf — schwerer, sich bewegender Maschinenteil am unteren Ende der Kolbenstange.
Oelquast — langhaarige Bürste an langem Stiel zum Abschmieren von Maschinenteilen.
Maschinenbilge — Raum zwischen den Unterbauten der Maschine.
Brandenburger — heißgelaufene Maschinenteile.
Kurbelwange — zum Drehen der Welle erforderlicher Teil der Welle.
Pleuelstange — Maschinenteil, der die hin- und hergehende Bewegung der Kolbenstange in die Drehbewegung der Welle umsetzt.

Seite 16.

Wellentunnel — tunnelartiger, langer Gang im Schiff, in den die lange Wellenleitung von der Maschine bis zur Schiffsschraube eingebaut ist.

Sternbuchsenschott — Austrittstelle der Wellenleitung.

einzupennen — einzuschlafen.

Seite 19.

strolchen und stöbern — alles durchsuchend herumlaufen.

Seetörn — Seefahrtsstrecke.

Fahrensleute — Seefahrer.

Maschine und Deck — technisches und seemännisches Personal oder Maschinenbau und Schiffbau.

Backbord-Reeling — äußeres Geländer an der linken Schiffsseite.

Seite 20.

auf son'n Damper — auf so einem Dampfer.

Bug — Vorderteil des Schiffes im Gegensatz zum Heck, dem Hinterteil des Schiffes.

Fleet Stinte — kleine Fischart in den mit Fleet bezeichneten Wasserstraßen Hamburgs.

nackigt — nackend.

Kojenzeug — Bettzeug.

flitzen — eilen.

Kojendecke — Bettdecke.

Seite 21.

Wo Kakerlatjes sind, sind keen Wanzen, und dor hebt wie'n ganzen Barg von an Board — Wo Kakerlaken sind, sind keine Wanzen, und davon haben wir einen ganzen Berg an Bord.

denn man jüh — denn man zu.

'nen beusen Plörkram — ein sehr wässeriges Gericht.

Back — vorderer Oberteil des Schiffes.

Niewo — Niveau, Kulturstufe.

Augen dicht — Augen zu.

Seite 23.

Käp'n — Kapitän.

Ach wat, Schiet op'n Barometer! Ick stek de Nees in

de Luft — Was geht mich der Barometer an! Ich stecke die Nase in die Luft.

zusammengestaucht — zusammengedrückt.

Holl di stiev! Un besorg di'n stieven Grog — Halt dich steif! Und besorg dir einen steifen Grog.

Back — vorderer Oberteil des Schiffes.

geschoren — angebracht.

Deckslast — auf dem freien Oberdeck mitgenommenes Frachtgut.

Luward — die dem Wind zugekehrte Seite des Schiffes.

Zurring — Vorrichtungen zum Festbinden.

Stampfen — das Schiff pendelt um eine Querschiffsachse, Bug und Heck tauchen abwechselnd ein und aus.

Schlingern — das Schiff pendelt um eine Längsschiffsachse, die Bordwände tauchen abwechselnd ein und aus.

Racer — Aufschneider, Prahler.

keuchen — sich übergeben (seekrank).

Pütze — eimerartiges Gefäß.

mang — zwischen.

Abfühlen — Maschinen werden nach warmgelaufenen Stellen abgefühlt.

Seite 24.

pennte — schlief.

bündig — glatt, sich der Umgebung ohne Vorsprünge anpassend.

verschalkt — verkleidet.

Want — Drahtseil zur Absteifung des Mastes.

Verwindung — Verwinden der äußeren Flügelspitzen.

Bug — Vorderteil des Schiffes im Gegensatz zum Heck, dem Hinterteil des Schiffes.

Seite 27.

Hökerboot — als Verkaufsladen dienendes Boot.

Fallreep — wegnehmbar an der Bordwand angebrachte Treppe zum Betreten und Verlassen des Schiffes.

Moin Landsmann — Guten Tag, Landsmann.

Seite 28.

Florida-Wasser — eine Art Köln'sches Wasser.

Film-Belichter — photographischer Apparat.

Donkeymann — tüchtigster Heizer, der im Hafen den Donkey-Kessel (Hilfskessel) bedient.
veräppeln — verhöhnen.
Kas'n — Kasten.
verklarte — erklärte.
saluting-batterie — Salut-Batterie.
Knipsen — eine photographische Aufnahme machen.
Seitenfenster — meistens kreisrunde Fenster in der Bordwand des Schiffes.
Deckpassagiere — Fahrgäste des Schiffes, deren Aufenthalt tags und nachts auf das freie Oberdeck beschränkt ist.

Seite 29.

Windtutsen — auf dem freien Oberdeck stehende Lüftungsschächte.
All right, Sir, me sabby — Ist gut, mein Herr, ich verstehe.
Yes Sir, tank you, tat ting — Yes Sir, thank you, that thing, d. h.: Ja, danke sehr mein Herr, dieses Ding.
Reeling — Geländer an der Bordwand des Schiffes.
Knacks — Riß.

Seite 30.

Gören — Kinder.
achteres Hüttendeck — Deck des hinteren Aufbaues des Schiffes.
gemüllert — Freiübungen à la Müller gemacht.
Hütte — hinterer Aufbau des Schiffes.
bedripst — eingeschüchtert.
Ausbooten — in Booten von dem großen Schiff an Land fahren.
Barre — eine sich lang hinziehende Untiefe.
Lecks — Undichtigkeiten im Schiffskörper.
außenbords — außerhalb des Bootes.
vierkant — senkrecht zu Wellen und Strand.
herausreppen — herausreichen.
Duchten — Sitzbänke eines Bootes.
gestauten — gepackten.

Seite 32.

Seemannsgarn — Erzählungen von Seeleuten.
Boje — verankerter Schwimmkörper, an dem Schiffe festmachen.
Löschen — Ladung von Bord geben.
plundrig — ärmlich, in schlechtem Zustand befindlich.
eingedeckt — mit einem Deck versehen.
Deckslast — auf dem freien Oberdeck mitgenommenes Frachtgut.
Wechsler — Geldwechsler.
Hafenspelunken — am Hafen gelegene, schmutzige Gastwirtschaften.
bemogeln — betrügen.
Lösch- und Ladebetrieb — Frachtgüter von Bord und an Bord schaffen.
Move Landsmann — Mach' Platz, Landsmann.

Seite 37.

Ladeluken — Oeffnungen im Deck zu den Laderäumen.
Ladespill — Maschine zum Heben und Senken der Frachtgüter mittels der Ladebäume.
fix — schnell.
Laden — Unternehmen.
eine Pfundsmenge — sehr viel.
Schiffsbrücke — Kommando-Brücke für die Schiffsleitung.
Löschen — Ladung von Bord geben.
gehievten — hochgehobenen.
Meina — Kommando der Türken für „Senken".
hiev up — Komando für „Heben".
Gröhlen — Schreien.
Ih gitt, ih gitt — Wie gräßlich, oder: Wie scheußlich.

Seite 38.

Knipsen — eine photographische Aufnahme machen.
Bengel — 10- bis 20 jähriger Junge.
zwei Piaster — etwa 40 Pfennig.
stur — stumpfsinnig.
Duffel — Dummkopf.
Franke — Europäer.
Kaffee „noir" — Kaffee nach europäischer Art zubereitet.

Kaffee „fort" — Kaffe nach türkischer Art zubereitet.
dat kost di aber'n ganzen Barg Geld — das kostet dich aber einen ganzen Berg Geld.
verholte ich mich — begab ich mich.

Seite 43.
knipsen — eine photographische Aufnahme machen.
grinsend — verstohlen lachend.
Homespun breeches — Kniehosen aus in Heimarbeit hergestelltem Stoff.
feixend — unzählige Lachfalten ziehend.
bakschisch — meistens unverdientes Trinkgeld.
nachschubsend — mit Stößen nachhelfend.

Seite 44.
For tank — For thank d. h.: Als Dankeslohn.
Bädeker-Sterne „genommen" — die im Reiseführer von Bädeker mit einem Stern bezeichneten, besonderen Sehenswürdigkeiten einer Besichtigung unterzogen.
Il est défendu — Es ist verboten, nämlich, daß die Wärter bakschisch (Trinkgeld) annehmen.
verklarte — erklärte, auseinandersetzte.
All right, Sir! Me sabby — Ist gut, mein Herr! Ich verstehe.

Seite 47.
Ein- und Zweihöcker — Kamele und Dromedare.

Seite 48.
bakschisch — meistens unverdientes Trinkgeld.
Nimbus — zauberhafter Reiz.
breeches — Kniehosen.
wurscht — gleichgültig, ohne Einfluß.

Seite 51.
Fez-Bügel- und Preß-August — ein auf der offenen Straße arbeitender Hutmacher, der die Kopfbekleidung der Türken, den roten Fez aus Filz, durch Bügeln und Pressen aufarbeitet.
Kopf- und Brustgruß — Die Mohammedaner bleiben beim Grüßen bedeckt und legen unter leichter Kopfneigung die linke Hand auf die Stirn und dann auf die Brust.
Kaffee „fort" — Kaffee nach türkischer Art zubereitet.

Seite 52.

Pointer — Hunderasse.
Dobbermann — Hunderasse.

Seite 57.

Seetörn — Seefahrtsstrecke.
Zosse — Dampfer, Schiff.
auflandiger Wind — Wind aus der Richtung von See auf Land.

Seite 58.

Löschen — Ladung von Bord geben.
Changy for Changy — von change, Tausch, also: Tauschhandel.
anzudrehen — anzuhängen, heimtückisch zu verschaffen.
Käp'n — Kapitän.
Plünnen — Bekleidungsstücke.

Seite 61.

Sabby — Wissen, Verständnis, Fähigkeit.
Panne — Versager, Reinfall.
Fallreep — wegnehmbar an der Bordwand angebrachte Treppe zum Betreten und Verlassen des Schiffes.
flitzte — eilte.
absetzende — ablegende, abfahrende.
leck — undicht.

Seite 62.

feixender — unzählige Lachfalten ziehender.
Kommiß — Militärdienst.
Boykott — Ausschluß vom Handel.
grinsend — verstohlen lachend.

Seite 63.

Kouleurring — Fingerring mit den Farben einer studentischen Verbindung.
nackigten — nackenden.
Plünnen — Bekleidungsstücke.

Seite 64.

Klapps — leichter Schlag.
feixender — unzählige Lachfalten ziehender.
Knipsen — eine photographische Aufnahme machen.
Grinsen — verstohlenes Lachen.

Seite 67.

Löschbetrieb — Frachtgüter von Bord schaffen.
abgeflaut — nachgelassen.
Schauerleute — Transportarbeiter für Schiffsladungen.
Siesta — Ruhe.
Boykott — Ausschluß vom Handel.

Seite 68.

St. B.=Fallreep — wegnehmbar an der rechten Bordwand (Steuerbord) angebrachte Treppe zum Betreten und Verlassen des Schiffes.
Ladeluk — Oeffnung im Deck zu dem Laderaum.
B. B=Reeling — Geländer an der linken Bordwand (Backbord) des Schiffes.
Kanacker — Eingeborene.

Seite 69.

Tühnbütel — Schwätzer von dummem Zeug.
Hein, Du flunkerst — Heinrich, Du lügst.
lögenhaft to vertellen — lügenhaft zu erzählen.
pampig — großtuend.
schlaksend — faul beim Gehen die Füße nicht hochhebend.
Nix gut! Austriaco — Schlecht! Oesterreich.

Seite 70.

Landgang — Spaziergang an Land.
Deckpassagiere — Fahrgäste des Schiffes, deren Aufenthal tags und nachts auf das freie Oberdeck beschränkt ist.

Seite 71.

St. B. — Steuerbord d. h. auf der rechten Seite des Schiffes von achtern betrachtet.
Kettestecken — die Ankerketten meterweise auslaufen lassen.

St. B.-Ruder — das hintere Blatt des Ruders nähert sich der rechten Bordwand (Steuerbord), von achtern betrachtet, und das Schiff dreht mit dem Vorderteil nach rechts.

Seite 72.

Heck — Hinterteil des Schiffes im Gegensatz zum Bug, dem Vorderteil des Schiffes.

stützendes Ruder — das Ruder liegt entgegen der augenblicklichen Drehrichtung des Schiffes.

Boje — verankerter Schwimmkörper, an dem Schiffe festmachen.

Schlippen — Losschmeißen, Entfernen.

Einhieven — das Gegenteil von Wegfieren, die Ankerkette wird durch das Spill wieder an Bord geholt.

Konfession — Glaubensbekenntnis.

Seite 76.

Hirschtalg — ausgezeichnetes Mittel gegen wunde Füße.

Kieker — Fernglas.

blauer Peter — weiße, breit blau geränderte Signalflagge, die gesetzt wird, wenn das Schiff an dem gleichen Tage in See gehen will.

los dafür — vorwärts.

Steamrohr — Dampfrohr.

Achterleine — Trosse, Leine, mit der das Schiff hinten festgemacht ist.

Seite 79.

Anker kurz Stag — die Ankerkette zeigt unter 45 Grad nach vorne.

Anker auf und nieder — der Anker liegt senkrecht unter der Ankerklüse noch am Meeresboden.

Anker los — der Anker hängt frei im Wasser senkrecht unter der Ankerklüse.

Steuerbord Ruder — das hintere Blatt des Ruders nähert sich der rechten Bordwand (Steuerbord), von hinten betrachtet, und das Schiff dreht mit dem Vorderteil nach rechts.

Kurs — Fahrtrichtung des Schiffes.

Seite 83.
Pfundsmengen — sehr viel.
Bug — Vorderteil des Schiffes im Gegensatz zum Heck, dem Hinterteil des Schiffes.

Seite 84.
bloß — nur.
mit all' das Salz — mit all' dem Salz.
Freibord — beim Schiff: Höhe des obersten, wasserdichten Decks über dem äußeren Wasserspiegel (Wasserlinie).
Siele — Arbeitsgeschirr von Pferden und Zugtieren.

Seite 87.
Krängung — seitliche Neigung des Schiffes um eine Längsachse.
an Deck — allgemein: an die Erde, auf den Fußboden.

Seite 88.
Kunterbunt — buntes Durcheinander.

Seite 91.
ausgepeilten — ausgerichteten.

Seite 92.
Niedergang — Zugang von einem Deck zum andern.
Moskito — Mückenart.

Seite 93.
umzuhosen — umzukleiden.
Fallreep — wegnehmbar an der Bordwand angebrachte Treppe zum Betreten und Verlassen des Schiffes.
Oberlicht — verschließbare Beleuchtungsöffnung in den oberen Decks.
dicht machen — schließen.

Seite 94.
Niedergang — Zugang von einem Deck zum andern.

Seite 95.
Djunge, Djunge, wat'n Niewo — Junge, Junge, was für ein Niveau (Kulturstufe).

Knuff — Stoß.
look see-Machen — neugieriges Betrachten.
Gaffen — neugieriges Betrachten.
glotzen — neugierig betrachten.
Kientopp — Schauburg (Theater) lebender Bilder, Lichtbildtheater.

Seite 96.
gröhlend — schreiend.
Wechsler — Geldwechsler.
Mief und Dreck — schlechte Luft und Schmutz.
Straßenköter — Straßenhund.

Seite 99.
an Deck — allgemein: auf die Erde, an den Fußboden.
feixender — unzählige Lachfalten ziehender.
Lache — Gelächter.
Grinsen — verstohlenes Lachen.
stoppen — stehen bleiben.

Seite 100.
80 Lepta — 50 bis 60 Pfennige.
vollgesackt — beladen.

Seite 101.
Oelkopp — Brummschädel, Kopfschmerzen durch reichlichen Alkohol-Genuß.
leckspringen — undicht werden.

Seite 102.
seefest zurren — gegen den Seegang gesichert festbinden.
Kurs — Fahrtrichtung des Schiffes.
Seetörn — Seefahrtsstrecke.
Landpeilung — Bestimmung des Schiffsortes durch Peilungen nach dem festen Land (Richtungslinien).
Patentlogg — von dem Schiff in Fahrt nachgeschleppte Vorrichtung, auf der die Schiffsgeschwindigkeit und die zurückgelegten Seemeilen abgelesen werden können.
die Sonne schießen — die Höhe der Sonne über dem Horizont in Winkelgraden messen.

Nonius — Feinmeßeinrichtung.
Sextant — Vorrichtung, um insbesondere die Höhe der Sonne über dem Horizont in Winkelgraden zu bestimmen.

Seite 103.

Orion — südliches Sternbild.
Frostkötel — leicht fröstelnder Mensch.
Dünung — glatter Seegang nach heftigeren Winden.
Ladespille — Maschinen zum Heben und Senken der Frachtgüter mittels der Ladebäume.
Lösch- und Ladebetrieb — Frachtgüter von Bord und an Bord schaffen.
Deckslast — auf dem freien Oberdeck mitgenommenes Frachtgut.
ein Lager aufnehmen — ein Lager zur Instandsetzung auseinander nehmen.
Beilagen — dünne Blechstücke zwischen der unteren und oberen Lagerschale.
Dussel — Dummkopf.
Rinnstein — Wasserlauf im Deck unmittelbar an der Bordwand.
Flansch — ringartige, senkrecht über die Rohrwandungen herausragende Scheibe an den Rohrenden zur Herstellung von Schraubverbindungen zwischen den einzelnen Stücken einer Rohrleitung.
mucken — störende Eigenarten haben, sich auflehnen.
Brandenburger — heißgelaufene Maschinenteile.
Der Erste — der erste Maschinist.

Seite 104.

Schubstangen — Pleuelstangen d. h. Maschinenteil, der die hin- und hergehende Bewegung der Kolbenstange in die Drehbewegung der Welle umsetzt.
Sextant — Vorrichtung, um insbesondere die Höhe der Sonne über dem Horizont in Winkelgraden zu messen.
die Sonne schießen — die Höhe der Sonne über dem Horizont in Winkelgraden messen.
Meridiandurchgang — Augenblick der größten Höhe der Sonne an jedem Tage über dem Horizont.
Käp'n — Kapitän.
Och wat! Schiet op de Längde — Was geht mich die geographische Länge an.

Seite 105.

querab — kürzester Abstand des Schiffes von einem Gegenstand bei einem bestimmten Kurs.
Tuten — Heulen, Pfeifen.
Getute — Heulen, Pfeifen.
Morgenwache — Wache von 8 bis 12 Uhr vormittags.
Brücke — Kommando-Brücke für die Schiffsleitung.

Seite 106.

Anloten — mittels Seekarten und ständiger Lotungen einen bestimmten Schiffsort erreichen.
Käp'n — Kapitän.

Seite 107.

Stopfbüchsen — Abdichtungen beweglicher Maschinenteile gegen Dampfaustritt.
Hambug — Hamburg.
Jiiis-land — Island.
krängt — das Schiff nimmt durch Neigung um eine Längsachse eine seitliche Schräglage ein; das Schiff hat dann Schlagseite.
Krängung — seitliche Neigung des Schiffes um eine Längsachse.
krängen — dem Schiff Schlagseite, Neigung um eine Längsseite geben.
flott kommen — frei schwimmen, los kommen.
ausmachen — erkennen.
Käp'n — Kapitän.
Tegel — Schiffsanker.

Seite 109.

beus mise — sehr schlechte.
Dreistern — Warenzeichen einer berühmten Kognak-Marke.
Ballast — Gewicht; hier: Bettschwere.

Seite 110.

landfein — so bekleidet, daß man sich an Land sehen lassen kann, also nicht bordmäßig angezogen.

Michel — Michaelis-Kirche.
Plünnen — Bekleidungsstücke.
Heuer — an Schiffspersonal gezahlter Lohn.

Seite 111.

Abmunsterung — Abmusterung d. h. Entlassung aus der Verpflichtung an Bord des Schiffes Dienste zu leisten.
Groschen — 10 Pfenigstück.
Kinners — Kinder.

Seite 112.

Wort-Verklarungen — Wort-Erklärungen.